KB049178

내추럴 와인은 귀여워

내추럴 와인은 귀여워

그림 작가 마리아의
좋아하다 보니
빠져든 와인 이야기

이마리아 글·그림

샘터

Natural wine
and more

Prologue

잔을 고르며

"저는 와인을 좋아해요. 아, 내추럴 와인이요!"
"오, 저도 와인 좋아하는데요. 근데 내추럴 와인은 그냥 와인
이랑 뭐가… 다른 건가요?"

취향에 관한 것들을 얘기하다 보면 종종 이런 대화가 되풀이
됩니다. 처음엔 저도 무엇이 다른지 잘 모르고 비주얼적으로
멋진 내추럴 와인의 아트워크 라벨들이 눈에 들어와서 관심
을 두게 되었죠. 그렇게 한 번 두 번 마시다 어느 날부터 디깅
을 멈출 수 없게 된 내추럴 와인. 한참 동안 술을 멀리했던 저
를 다시 알코올의 세계에 발 담그게 한 주인공입니다. 아니
저에게 무슨 일이 일어난 걸까요?

원체 새로운 것을 좋아하는 저에게 내추럴 와인은 모험심을
일으키기 충분했습니다. 컨벤셔널 와인에 비교적 예상되는
안정적인 맛과 퀄리티를 기대할 수 있다면, 제가 경험한 내
추럴 와인은 예측하기 어려운 다양한 향이나 맛을 가진 편이
었습니다. 그런 점이 저의 호기심을 더욱 자극했습니다. 사
람마다 입맛은 주관적이잖아요. 와인바에서 추천받거나 시

음 노트를 읽고 마셔봐도 제가 느끼는 맛은 다를 수 있기 때문에, 다양한 내추럴 와인을 직접 경험하고 싶은 마음이 들었습니다.

만약 당신이 새로운 것보다 익숙한 것을 좋아하고 모험을 즐기는 편이 아니라면, 내추럴 와인의 이런 부분을 조금은 불편하게 느낄 수도 있고 이 책에 크게 관심이 생기지 않으실지도 모르겠습니다. 하지만 호기심러인 저 같은 분들이 이 책을 펼치셨다면… 어쩌면… 헤어 나올 수 없는, 출구 없는 매력적인 세계에 발을 들이셨을지도요?

저는 사실 무언가 하나에 꽂혔다가도 금방 질려하는 편이라 내추럴 와인도 금세 질리지 않을까 생각했습니다. 하지만 아직은 아닌가 봐요. 이렇게 프롤로그를 쓰고 있는 지금도 한 잔 마시고 싶은 걸 보면요. 아직도 내추럴 와인을 좋아할 수 있는 이유 중에 가장 큰 것은, 물론 맛있기도 하지만 '자연을 그대로 담은 술'이라는 점 때문입니다.

술을 안 먹고 사는 게 가장 좋을 수 있겠지만 하나만 마셔야 한다면 저는 내추럴 와인을 택하겠습니다. 자연을 존중하고 밭을 사랑하는 생산자들에게서 나온 건강한 포도로 만든 술이고, 게다가 너무나 다양한 맛과 향을 가지고 있으니까요!

이 책은 저를 상징하는 캐릭터 참생이가 내추럴 와인을 만나면서 일어나는 좌충우돌 스토리와 알게 된 와인 지식들을 쉽고 간단하게, 그리고 귀엽게! 담아본 책입니다. 사실 시작은 순전히 마시고 나면 빈 병만 남는 것이 아깝다는 생각이 들어서 마셨던 와인을 그림으로 기록하고 정리한 저의 아카이빙용 책이었습니다. 저는 와인 전문가도 아니고 와인 관련업에 종사하지 않는, 대부분의 시간을 그림을 그리고 사는 작가입니다. 그래서 이 책도 아주 전문적인 내용이라기보단 제가 제일 잘할 수 있는 그림과 작업을 통해 개인적이고 주관적인 와인 경험을 다루고 있습니다. 참생이의 와인 그림일기, 짧은 시음 노트와 와이너리 이야기, 개인적으로 해왔던 와인과 관련된 다양한 아트워크 작업 등이 수록되어 있어요.

저는 지금도 제 취향의 와인을 계속 찾아가는 과정 속에 있습니다. 여러분도 좋아하는 와인 한 잔을 따라놓고, 가벼운 마음으로 책을 즐겨주셨으면 좋겠습니다. 혹은 술을 전혀 안 하시는 분이어도 참생이가 어떻게 와인을 좋아하게 됐는지 그 스토리가 궁금하시다면 환영입니다!
당신이 내추럴 러버든 아니든, 모두 웰컴!

Intro

참생의 와인 키트 언박싱

완벽한 와인 데이를 위해 필요한 건 뭐가 있을까요? 우선 즐 거운 대화를 나눌 수 있는 사람, 맛있는 안주, 좋은 음악, 편 안한 장소가 필수겠죠. 참생이의 와인 키트를 보며 함께 준 비해봐요! (모든 용품이 필수는 아니에요!)

wine glass 다양한 모양의 와인잔들

Opener
코르크를 열 때
필요한 오프너

pourer
와인 병 입구에
꽂아서 사용

Stopper
오픈한 와인을
보관할 때
병 입구에 끼우는
스토퍼

Decanter
병 속 와인을 옮겨 담는 용기
와인과 공기를 접촉시킴
(브리딩)

Saver

오픈한 와인을
진공상태로 보관해주는
세이버

food

olive , cheese , tomato...

Chiller + ice

주로 화이트 , 스파클링처럼
차가운 온도로 마시기 좋은
와인에 사용하는 칠러

Tips

☆ 내추럴 와인은 필터링을 하지
않아서 침전물이 있거나 탁한 색일
경우도 있어요. 처음부터 흔들어
마셔도 되고 흔들지 않은 상태의 위쪽을
먼저 마시다가 이후에 섞어 마시면
또 다르니 한번 비교해 보세요!

wine glasses

와인 품종, 지역에 따라 와인잔 종류는 다양해요.

와인잔의 모양은 대체로
아래쪽이 넓어요.(특히 레드)
와인의 향을 넓게 퍼뜨
렸다가 뒤에서 다시
모아주죠.
스월링 하기에도 좋아요.

Swirling

와인이 공기와
접촉하여 향과 맛을
높여줌

Contents

두 번째 잔 🍷🍷 와인 시음 노트

세 번째 잔 🍷🍷🍷 와인과 예술이 만났을 때

Natural wine and more

(첫 번째 잔)

(참생의
꼴꼴 와인 일기)

참생··

내추럴 ㅏ인메

퐁당 빠지다

불과 몇 년 전까지만 해도 나는 친구들 사이에서 술을 안 마시기로 유명했다.

그래서 친구들은 와인 러버가 된 지금의 나를 보면 다들 신기해하는데…

참생은 어쩌다 내추럴 와인에 빠지게 되었는가…?

시작은 컨벤셔널 와인이었다.

한참 삶에 심리적 스트레스가 심했던 시기가 있었다. 그때 친구들이 맛있는 것들을 많이 사줬다. 술을 끊은 지 한참 되었지만 이때 다시 한 잔 두 잔 마시게 되었다.

그런데 소주는 특유의 맛과 향을 안 좋아해서 별로. 맥주는 배가 쉽게 부르고…

다른 술보다는 와인을 마실 때의 분위기가 좋았다! 맛도 다양해서 천천히 마시며 인생 한탄하기에 딱 맞았다. 편의점, 마트에서도 쉽게 살 수 있고…

그때는 대중적으로 인기가 많은 와인 산지나 포도 품종들 정도만 어렴풋이 알던 때라, 내 취향이 뭔지 몰랐다. 친구들과 함께 와인바에 가면 가격대와 맛이 무난해 보이는 와인을 골랐다.

마시는 횟수가 늘어나면서 와인에 관해 더 알고 싶기도 했지만… 라벨 읽기부터 왠지 공부하는 느낌이랄까.

그 와중에도 미식 탐험은 꾸준히 했다. 나는 입맛이 예민한 편인데, 다양한 맛을 추구하고 맛에 대한 호기심도 많다. 그래서 갔던 곳보다 새로운 곳, 먹어본 곳보다 새로운 메뉴를 시도하는 걸 좋아한다.

그러던 어느 날 방문했던 와인바가 내추럴 와인바였고, 그게 내추럴 와인을 처음 접한 날이었다.

마셔보기도 전에 나와 친구는 이미 첫눈에 반했는데, 이유는…

다음 편에
계속...

첫눈에 반해버린

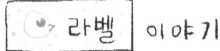 이야기

첫눈에 반한 이유는… 라벨이 너무 예뻤기 때문이다. 노란 드레스를 입은 여자와 노란 밀랍 뚜껑… 가격이 꽤 비쌌지만, 이미 비주얼에 반한 나는 어떤 맛일지 너무 궁금해서 마셔보기로 결심했다. 예쁜 책 표지를 보면 그냥 사고 싶은 것처럼…

소믈리에분은 내추럴 와인이 쿰쿰하고 산도가 있다고 했는데 그 쿰쿰함과 미네랄리티가 무슨 말인지 듣기만 해서는 알 수가 없었다. 일단 경험해봐야 호불호를 알지 않겠나!

그렇게 먹어본 첫 내추럴 와인은 나에겐 '호'였다. 왠지 기존에 마시던 와인과 조금은 다른 느낌…? 사실 맛 자체로 아주 큰 충격을 받았거나 컨벤 와인과의 차이를 극명하게 알 수는 없었지만 왠지 라벨에서 느껴지는 노랗고 신선한 느낌이 있었다…

보통 많이 봐온 컨벤셔널 와인은 와이너리가 그려져 있거나 텍스트로 된 디자인의 라벨이 많았다. (당연히 그림 라벨도 있긴 하다.)

라벨은 디자인 요소 말고도 와인에 대한 정보들을 담고 있는데, 그걸 읽으려면 기초적인 와인 지식이 있어야 했다. (그렇지 않다면 그냥 알파벳 암호 그림일 뿐이다…) 와인이 어렵다고 생각한 이유 중 하나이기도 했다.

간단하게는 이런 정보들이 텍스트로 적혀 있다. 지역이나 등급 등 다른 정보들이 더 상세하게 적혀 있기도 하다.

어렵게 느껴지던 컨벤셔널 와인의 라벨에 비해 내추럴 와인의 라벨들은 비주얼적으로 강렬하게 다가왔고, 와인을 궁금하게 만드는 동시에 '마셔보고 싶다!'는 느낌을 주었다.

물론 모든 내추럴 와인이 그런 것은 아니고, 타이포그래피적인 면이 강조된 라벨들도 있다.

라벨에 대해 좀 더 이야기하자면, 내추럴 와인에도 컨벤셔널 와인처럼 정보가 쓰여 있지만, 디자인적 요소가 더 크게 할애되어 있는 와인이 많은 편이다.

그래서인지 초반에는 생산자나 품종보다는 라벨을 보고 끌리는 와인을 선택하곤 했다. 그냥 외모가 내 취향인 사람이 일단 궁금해지는 것과 같이…

어떤 라벨은 보기만 해도 직관적으로 무슨 맛일지 상상하게 되는데, 당연히 라벨이 꼭 그 와인의 맛을 나타내는 것은 아니다.

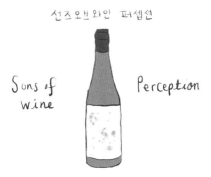

하지만 정말 라벨과 비슷한 뉘앙스가 나는 와인도 있다.

수채화에 물 뿌려진 것 같은 라벨의 퍼셉션은 시음 노트를
보았을 때 왠지 내 취향이 아닐 것 같았지만… (결국 라벨 보
고 사 온 사람 바로 나.)

친구와 시음해보니 퍼셉션의 맛은 라벨이 가진 느낌과 유사
했다. 화려한 향과 맛이 코와 입안 여기저기를 팡팡 치고 가
는 느낌. 라일락 향기를 맡을 때와 같은 느낌…? 마치 향수
디스코 팡팡?

첫 번째 잔, 감성의 결을 읽기

우리는 먹고 있는 안주와의 페어링, 처음 오픈했을 때 그리고 시간이 지나면서 맛과 향이 어떻게 변하는지 등에 관해 한참 토론했다.

결론은 엄청 끌렸던 라벨만큼의 취향 저격 와인은 아니었다. 하지만 한 번쯤은 궁금해서 꼭 마셔봤을 와인.

수많은 개성 있는 라벨들은 시각적인 것에 민감한 나를 내추럴 와인의 세계에 더 끌리게 하기에 충분했다.

Anders Fredrik Steen

여러 와이너리에서 각자의 개성을 라벨에 표현하고 있다. 앤더슨 프레드릭 스틴의 와인 라벨에는 그가 직접 지은 한 편의 시 또는 가사 같은 와인 이름이 쓰여 있다. 아주 미니멀한 책 커버 같은 감각적인 디자인이 특징이다.

Didier Grappe

디디에
그라프

내칭구..?

쥐라 지역의 순수 자연주의 양조가인 디디에 그라프의 와인 라벨은 포도밭에 살고 있는 새가 그려져 있고 애호가 사이에서 '참새 와인'으로 불린다.

Gut Oggau

구트 오가우

구트 오가우의 와인 라벨도 인상적이다. 구트 오가우 와이너리의 가상 마을 '오가우'에 한 가족이 살고 있다는 설정인데, 라벨의 얼굴이 나이 들수록 더 비싼 라인업인 점이 재미있다. 테오드라, 비니프레드, 조세핀, 조슈아리 등 사람 이름이 와인 이름이다.

Octavin

옥타방 와이너리의
난쟁이 시리즈

옥타방 와이너리의 난쟁이 시리즈에는 귀여운 난쟁이들이
그려져 있다. 난쟁이가 무슨 행동을 하고 있는지 보는 것만
으로도 재미있다.

de Sol a Sol

데솔라솔

양 몰이용 막대기를 잡고 있는 부친의 손 사진의 라벨. '해
뜰 때부터 해 질 때까지(de sol a sol)' 열심히 일하며 가족을
부양했던, 농부이자 목동이었던 아버지들에 대한 존경이 담
겼다. 이처럼 내추럴 와인 라벨에는 각 와이너리의 이야기
가 담겨 있는 것들이 많다.

한번은 〈내셔널지오그래픽 트래블러〉 잡지에서 내추럴 와인과 관련된 글에 필요한 일러스트를 의뢰받았다. 그때 정구현 님이 쓰신 글에서 읽었던 라벨 스토리가 기억에 남는다.

패트릭 데플라(Patrick Desplats)의 2016년 빈티지 '디안'에 관한 이야기다.

2016 FRANCE

패트릭 데플라는 2016년 우박과 서리 피해로 약 90퍼센트 이상의 포도를 잃게 된다.

살아남은 포도로 만들 수 있는 와인은 700여 병에 불과해 한 빈티지를 건너뛸지 고민하고 있었는데,

파리로 떠났던 딸이 아버지를 알 수 없는 아이를 임신해서
돌아왔다.

패트릭은 절망감에 빠져 있는데,

어느 날 딸이 배 속에서 자라는 생명에 관해 말하는 것을 듣고

딸의 이야기를 토대로 유화를 완성했다.

그림을 완성하고 그는 한참 동안 눈물을 흘렸다고 한다.

이후 그는 다시 일어나 살아남은 극소량의 화이트와 레드
품종을 모두 블렌딩하여 와인을 만들었다.

와인은 딸의 이름을 붙여 '디안'으로 정하고, 그렸던 그림을 라벨로 붙였다. 이 와인은 역대 최고의 와인이 되었다고 한다.

책 표지가 예쁘지 않다고 그 책이 별로인 것은 아닌 것처럼, 당연히 라벨이 예쁘다고 좋은 와인이거나 맛있는 와인인 건 아니다. 하지만 라벨은 그 수많은 와인 중에, 눈에 띄고 시도 해보고 싶은 마음을 들게 하는 요소이다. (적어도 나에겐)

물론 지금은 라벨보다는 어떤 생산자의 무슨 와인인지, 내
취향일지를 먼저 고려한다.

다소 심심하거나 평범한 라벨이지만 훌륭한 맛을 가진 와인
들을 만날 때마다 생각한다. '역시 사람도 겉모습보다 내면
이 중요한 것처럼 와인도 마셔보고 경험해봐야 안다!'

3화

내추럴 와인바와
산미 탐방

2021년은 내추럴 와인바가 유행처럼 급속도로 많이 생기던 시기였다.

같이 컨벤만 마시다가 내추럴이 처음인 친구를 데리고 내추럴 와인바에 갔다.

메뉴를 시키면 4~5병 정도의 와인을 가져오셔서 각각 어떤 특징이 있는지 설명해주셨다.

우리는 까마귀가 그려진 레드 와인을 골랐다.

친구의 첫 내추럴 와인 도전은 성공이었으나 무엇이 컨벤과 크게 다른지… 어려웠다. 사실 컨벤 와인도 잘 아는 편은 아니었으니…

한 병을 순식간에 해치우고 친구는 두 번째 도전을 바로 콜했다.

소믈리에분께 내추럴 느낌이 강한 걸 추천 부탁드렸더니 산미를 좋아하는지 물어보셨다.

나는 원래 신맛 자체를 선호하진 않지만 이전 경험으로 예쓰를 했다.

하지만 그것은 경기도 오산이었으니…

이것은 마치… 레몬 홍초를 마시는 느낌…? 혀가 뚫어질 것
같은… 침이 저절로 흐르는…! 취기가 절로 깨어나는! 극강
의 신맛…!

우리는 그날부터 어디 가서 산미를 좋아한다고 말하지 말자
다짐했다.

병당 가격이 9~10만원 정도였기 때문에 약간 울며 겨자 먹
기처럼 마셨던 기억이⋯ 그때 내추럴 와인은 너무 비싸고
어렵다는 생각이 들었다.

하지만 동시에 내 취향은 무엇일까 더 궁금해진 계기이기도
했다. 이렇게 맛이 극과 극이라니!

여러 와인바를 다녀보니 보통 선호하는 맛을 말하고 추천해
주는 방식이 대부분이었는데, 그러다 보니 추천해주는 사람
의 설명에 큰 의존을 해야 했다.

어떤 분은 맛에 대해 자신 있게 설명하지만, 어떤 분은 궁금한 걸 물어봐도 수입사 노트에 적힌 키워드를 외워서 알려 줄 뿐이었다. 이런 추천 방식으로는 그 와인바에 얼마나 다양한 와인이 있는지 알기 어려웠다. 메뉴판에 글자만 적힌 와인 리스트는 마치 다른 나라 언어 책 같았다.

일단 병당 가격이 너무 비싼데 추천으로 내 선택이 좌우되는 것이 싫었다. 이전에 신맛에 덴 후로 산도가 높은지 항상 물어봤는데 사람마다 입맛이 다르단 걸 제대로 알았다.

그래서 맛에 대해 조금 더 객관화시켜서 알고 있으면 좋을 것 같다고 생각했다. 예전에 커핑에 대해 주워들으며 산미도 여러 단계로 말할 수 있다는 게 떠올랐다.

이후로 와인의 맛을 이야기할 때, 조금 더 내가 원하는 맛에 가까이 설명하기가 수월해졌다. 그리고 지금은 산미가 높은 와인을 아주 좋아한다.

4화

렌지 와인이

뭐예요 ?

어느 날은 친구와 와인을 고르다가 리스트에서 오렌지 와인을 보게 되었다.

처음 접했던 오렌지 와인은 정말 어디서도 맛본 적 없는, 처음 경험해보는 맛이었다. 마치 포도알이 입에서 도르르 굴러가는 느낌…?

오렌지 와인은 이름 때문에 오렌지 향이나 맛이 날 것 같지만 색과 향미 구조의 기준으로 분류하여 붙여진 이름이다.(로제 와인이 장미로 만든 게 아닌 것처럼…) 그러니까 양조법에 초점을 둔 표현이라 할 수 있다.

와인의 종류를 색으로 나누면 크게 네 가지인데,

white   Orange   Rose   Red

청포도   청포도   적포도   적포도

즙   즙, 껍질   즙 또는   즙, 껍질
      씨   껍질 침용 후   씨
              분리

＊ 가장 일반적인 내용을 간단히 정리한 것.

각 와인의 양조 과정을 아주 간단히 정리하면 위와 같다. 생산자에 따라 껍질 침용을 짧게 하는 화이트도 있으며, 적포도로 껍질 없이 화이트를 만들 수도 있는 등, 양조 방법은 다양하다. 로제 와인 또한 위와 다른 양조 방식이 있다.

레드 와인처럼 만든 화이트 와인

skin contact

＊ 오렌지 와인의 명확한 기준은 의견이 분분하여
이 책에서는 스킨 컨택의 유무로 분류함.

오렌지 와인은 청포도를 사용하고 양조 시 포도의 알맹이뿐만 아니라 껍질, 때론 줄기와 씨까지도 함께 발효한 와인이다. 이 과정을 '스킨 컨택(skin contact)'이라고 부른다.

발효는 며칠에서 길게는 1~2년도 하며 껍질, 씨, 줄기 등에
서 얻어지는 천연 방부제 '폴리페놀'류의 화합물이 발효에
도움을 준다.

오렌지색

(앰버 - Amber)
와인이라 하기도!

이렇게 껍질과 함께 스킨 컨택한 와인은 대부분 오렌지, 호
박 빛깔이 나고 스킨 컨택 기간에 따라, 포도 품종에 따라 옅
은 분홍빛부터 대추색까지 다양한 색을 띤다.

참생 Favorite 오렌지!

베센시아 루랄
De Sol a Sol Airen

라디콘
Jakot

발디홀레
elektra

입에서는 화이트보다 무겁고 강렬하다. 스킨 컨택 과정에서 생긴 탄닌이 쓴맛을 주기도, 어떤 건 탄닌 없이 과실미가 폭 발하기도 한다. 향과 질감, 구조가 워낙 다양하다.

글라스 와인은 화이트, 오렌지, 레드로 준비되어 있어요

오렌지로 주세요! 좀 펑키하고 재있는 걸루요

침전물이 있기도 하며 화이트 와인보다 발효 맛이 더 나기 도 하는데, 나는 그런 맛이 독특하고 재미있어서인지 자꾸 도전해봤다. 그러다 지금은 오렌지 와인을 제일 자주 찾아 마시고 있다!

5화

끄펫 낫은
흔들지 말기로 해!
PET-NAT

친구와 여행을 가서 회와 곁들일 와인을 찾던 중이었다.

우리가 고른 와인은 펫낫이었는데

PET-NAT

PETILLANT NATURAL
자연 발효 스파클링 와인
Naturally bubbling

펫낫은 프랑스어 '자연스러운 기포'의 줄임말로

샴페인   펫낫

좀 더
자글자글한
느낌이랄까요?

6 기압 정도   2-3 기압 정도

샴페인이 6기압이라면 펫낫은 2~3기압 정도로 샴페인보다
기포양이 적다. 샴페인이 톡 쏘는 강한 맛이라면 펫낫은 좀
더 입안에서 자글자글하게 터지는 맛이랄까?

일반적인 스파클링 와인과 가장 큰 차이를 보자면 발효 과정이다. 발효 중인 와인을 병에 담아 병 안에서 나머지 발효가 진행되게 한다.

스파클링이라
요런 뚜껑이 많음

이산화탄소

발효 중에 생긴 이산화탄소가 와인에 녹아 잔잔한 기포를 지니게 된다.

그러니까 설탕과 효모를 첨가하지 않고 자연스럽게 발효를
진행하는 방식이다.

아무튼 우리는 펫낫과 회를 사 들고 신나게 숙소로 돌아왔다.
그런데…!

음식 세팅을 다 하고 신나게 뚜껑을 오픈하자마자 샴페인이
터지듯 갑자기 와인이 '펑!' 폭발했다!

난 갑작스러운 상황에 손으로 병을 막았고… 와인은 회 위
로 쏟아져 거의 물회의 비주얼이 되었다…

자연스러운 기포이지만 펫낫도 분명 기포가 있다는… 펫낫이 많이 흔들렸다면 안정화하고 마시자… 꼭^_^

6화

취향이

구수 하시네요~

데이터 축적

NEW
새로운 맛
안 먹어본 걸루!

나는 음식을 먹을 때 '배부른 것'보다 '어떤 맛'인지가 중요하고 이미 먹었던 것보다 새로운 맛을 추구하는 편이다.

수업하면서
와인 한잔하실래요?

헉..

만세!

한창 세라믹을 배우러 다닐 때 같이 배우던 지인과 선생님이 와인 러버였다. 관심사가 같으니 훨씬 더 다양한 와인을 함께 마셔볼 수 있었다.

또 미식＋와인 콘텐츠를 SNS에 올리다 보니 이쪽을 좋아하는 친구들과 더 소통하게 되었다. 와인에 관해 이야기할 사람들이 늘어났다.

와인의 맛은 천차만별 같으면서도 또 비슷한 것 같기도 하고… 내가 어떤 걸 선호하는지 알기란 쉽지 않았다.

그러던 어느 날, 오픈한 지 좀 지난 오렌지 와인을 마셨는데

처음엔 기분 좋은 산미, 끝맛은 아몬드의 고소함이 혀에 남았다. '내 취향은 이런 것이구나!' 알게 된 계기였다.

이후로도 서로 다른 취향을 가진 사람들과 함께 마시면서
다양한 맛을 도전해보고 실패하며 내 취향을 점점 알아가게
되었는데,

나는 깔끔한 화이트보다는 오렌지나 레드 와인 중 산미가
있고 발효된 맛과 좀 더 복합적이고 개성 있는 향이 있는 와
인을 좋아하는 편이라는 걸 알게 되었다.

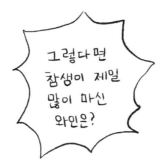

바로 메가블렌드 로제! 나는 누룽지 와인이라 부른다. 가격 대가 좋아서 큰 부담 없이 마시기에도 좋다.

흔히 생각하는 로제처럼 은은하고 달콤한 느낌과는 완전히
다르다. 강한 산미와 함께 베리류의 상큼한 과실, 동치미 같
은 발효 뉘앙스, 끝으로 갈수록 누룽지 같은 구수함이 혀에
남는다.

단순한 맛이라기보다 한 모금에서 첫맛과 중간, 끝맛이 다
다른 것이 재밌고 개성이 넘쳐서 좋다. 주스처럼 꿀꺽꿀꺽
넘어가는 와인인데 인디제노 라인이 거의 그렇다.

INDIGENO

침이 고여

인디제노는 아브루쪼 지역의 세 명의 친구들이 운영하는 와이너리. 개성 넘치는 라벨만큼 인디제노 특유의 신선한 과실향과 쌩한 산미의 감칠맛에 맛 들이면 계속 생각이 날 것이다.

구수한 거 없나요, 구수한 거...

그 뒤로 한동안 구수하고 고소한… 강렬한 산미를 찾아 헤매게 되었다는…

7화

바틀 샵의
매력

와인을 마시기 시작한 초반에 나는 와인을 거의 와인바에서 접했는데 이유는 누군가와 만나는 약속이 있을 때 식사 겸 대화를 오래 나눌 수 있었기 때문이다. 그러나 와인의 맛보다는 분위기나 대화에 더 집중할 때가 많아 다음 날엔 마신 와인이 가물가물하기 일쑤였다.

그래서 언제부턴가 내가 경험한 와인들을 사진으로 기록해두고 이후에 찾아보기 시작했다.

그러다가 어떤 바틀샵 사장님의 SNS를 보게 되었다. 바틀샵 전에 와인바를 하시던 분으로 지인들에게 들어서 알고 있던 분이기도 했다.

사장님의 게시물은 시음 노트와 함께 와인 생산자와 포도 품종, 와이너리 정보까지 있어서 와인바에서 단편적인 설명을 듣는 것보다 훨씬 더 많은 정보를 얻을 수 있었다.

특히 그분은 새로 입고되는 와인의 시음 노트를 얼마나 맛깔나게 쓰시는지 보는 족족 마셔보고 싶은 마음이 마구 솟아났다. 참생을 내추럴의 세계로 이끄신 분이기도 하다.

그렇게 그 바틀샵에 방문하게 된 참생에게 새로운 세상이 펼쳐졌다. 와인바보다 훨씬 다양한 종류의 와인을 한 번에 볼 수 있고 무엇보다 가격이 훨씬 저렴했다. 서비스값이 빠지기 때문.

그리고 사장님이 와인에 진심인 분으로 정말로 와인을 사랑해서 이 일을 하시는 게 전해졌다. 입고되는 온갖 와인을 다 마셔본 사장님이 맛있어하는 와인이 궁금해지기도 했고,

샵 공간의 인테리어, 분위기, 다양한 와인, 사장님의 전문적인 설명과 추천, 그리고 가격 면까지… 다 좋았다. 이후로 이 바틀샵을 애용하게 되었다. 믿고 맡기는 단골 바틀샵이 생긴 느낌!

RELEASE

레코스테 입고!

또 바틀샵을 이용하게 되면서 알게 된 것은 와인마다 입고 시기가 있다는 것. 수입사에서 수입된 와인을 푸는 시기에 샵과 와인바에 입고되기 때문에

저번에 샀던 파리 와인 있어요?

그건 이미 품절 돼서 다음 입고 때 살 수 있어요

이전에 마셔보고 좋았던 와인을 항상 구매할 수 있는 건 아닌 것이다.

사장님들마다 발주 넣는 와인도 다르고 샵이 재고를 많이 가지고 있거나 묵혀뒀다가 나중에 팔 수도 있으니 샵마다 가지고 있는 리스트가 다른 것. 그래서 좋아하는 와인은 당장 안 마실 거여도 쟁여두기도 한다.

와인바들은 리스트가 거의 글자로만 쓰여 있어서 생산자와 내추럴 와인에 대한 지식이 없으면 고르기 어렵기도 해서 추천을 받는 경우가 대부분이라면

바틀샵은 눈으로 와인 종류를 직접 보고 고를 수 있다는 게 큰 장점이다. 잘 몰라도 직관적으로 고를 수 있고 주체적인 선택을 하는 것. 이것이 나에겐 큰 변화였다. 왜냐면

더 많은 선택지가 생겼기 때문에 더 신중한 선택을 해야 했고 그래서 더 잘 알고 싶은 마음으로 더 열심히 디깅을 하게 되었기 때문.

이전에는 와인의 '맛' 자체에 관심이 집중되어 있었다면 SNS를 통해 생산자들에 관한 정보를 보고 내추럴 와인 관련 책을 읽게 되면서 와인 메이커들의 철학과 와이너리가 생각하는 테루아의 중요성을 점차 알게 되었다.

책을 읽으면서 생산자들이 어떤 마음으로 내추럴 와인을 만드는지, 컨벤셔널 와인과 어떤 점이 다른 건지 이제 조금은 알 것 같았다.

내추럴과

컨벤 와인

내추럴 와인과 컨벤셔널 와인, 종종 줄여서 '내추럴'과 '컨벤'으로 불리는 이 두 와인의 가장 큰 다른 점은 농사 방법과 이산화황, 화학 물질 첨가제의 사용 여부이다.

- 유기농 또는 비오디나미 농법
- 소량 생산, 생산자의 개성
- 각 지역의 밭과 자연 중시

- 품질 향상 위해 화학 비료 사용
- 대량 생산, 효율성 → 가격 경쟁력
- 기계수확 등 기술을 최대한 이용

어떤 것이 더 낫다고 판단할 수 있다기보다는 중요시하고 추구하는 방향이 다르다는 생각이 든다.

일반 농법으로 포도를 키울 땐 포도 품질의 일관성과 병충해 예방을 위해 화학 비료, 살충제, 제초제 등을 사용하는데 이때 포도가 가진 자연 효모도 거의 죽게 된다.

와인을 만들 때 포도에 있는 자연 효모는 제멋대로 발효하여 짧게는 2주, 길게는 수십 년에 걸쳐 발효가 일어나기도 하기에 맛에 관한 결과 예측이 어렵다고 한다.

이에 컨벤셔널 와인은 품질에 영향을 줄 수 있는 원인들을 제거하고 항산화제, 방부제로 쓰기 위해 발효 과정에서 이산화황을 사용한다. 포도 수확 직후나 병입 시에도 쓸 수 있다. 이 과정에서 소량 남아 있는 자연 효모도 제거된다.

그러고는 생산자가 원하는 맛과 향을 고르게 컨트롤하기 위해 배양 효모와 다른 첨가물도 사용한다.

※ 내추럴 와인에 대한 공식적인 정의는 아직 없기에
의견이 다를 수 있으며 이 책에서는 가장 통용되는 내용을 다룸

내추럴 와인은 간단하게 말하면 '오직 포도와 포도 껍질의
자연 효모로만 만든 와인'이다. 이게 무슨 뜻일까?

와인을 만드는 데 영향을 미치는 기후. 그러니까 토양, 강수
량, 바람, 태양, 재배법 등을 총칭해서 테루아(terrior)라고
한다.

내추럴 생산자는 포도가 자라는 밭 자체의 환경을 중요하게 생각하며 화학 비료나 살충제 등을 사용하지 않는 유기농법 또는 비오디나미 농법으로 재배한다. (그래서 포도나무 사이에 꽃과 풀이 자라고 와이너리에 동물들이 사는 경우도 많다.)

그래서 와인에서 그 밭의 맛이 날 때가 있는 걸까?

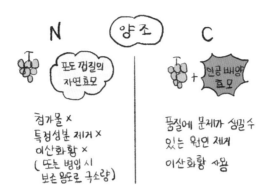

내추럴 와인의 1세대 개척자 쥘 쇼베는 처음으로 이산화황을 넣지 않고 완성도 높은 와인을 제조했다. 내추럴 와인은 양조 시에 이산화황을 아예 쓰지 않거나 병입 시 보존 용도로만 극소량을 사용한다. 천연 색소와 감미료도 쓰지 않는다.

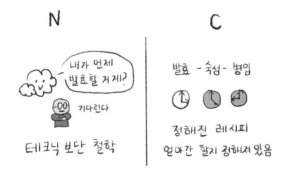

내추럴 와인은 농사부터 양조까지 사람의 손을 많이 타기에 컨벤셔널 와인에 비해 대량 생산이 어렵다.

또 보존제인 이산화황을 거의 넣지 않기 때문에 와인 컨디션을 중요시하는 수입사들은 수입 유통 과정에서 냉장 보관으로 들여오며, 국내에서도 냉장차로 유통시킨다고 한다.

이런 과정과 주류세, 관세로 인해 국내의 와인 가격은 현지보다 훨씬 비싸질 수밖에 없는 것 같다. 하지만 내추럴 와인을 디깅할수록 생산자들과 수입사가 얼마나 포도 그대로의 맛을 전달하려고 애쓰는지 알게 되니 내추럴 와인이 더 좋아졌다. 마트 와인보다는 당연히 비쌀 수밖에 없었다!

그리고 정말 신기한 게 내 경우 많이 마셔도 숙취가 거의 없었다. 화학 첨가제가 들어가지 않아서일까…

찾아보니 이산화황은 산소와 쉽게 결합하여 숙취, 두통을 일으킬 수 있다고 한다. 그러니 내추럴 와인이 컨벤셔널 와인보다는 숙취가 없을 확률이 높은 것 같다.

242222

22222222222222222

물론 뭐든 알코올을 많이 마시는 건 좋지 않지만^_^

그런데 시중에서 보는 모든 내추럴 와인 뒤쪽의 성분 표시 라벨에는 이산화황 함유량이 적혀 있는 것이었다.

너무 궁금해서 여기저기 찾아보니

발효 시 자연적으로 생기거나 보존을 위해 병입 시 극소량
만 넣어도 법률상 기재해야 한다고.

요런 걸 알고 마시면 더 좋겠죠?

9화

시음회는
즐거워!

어느 날 한 바틀샵 SNS에서 정해진 가격으로 여러 와인을
마셔볼 수 있는 시음회를 연다는 게시글을 보고 신청했다.
이게 나의 첫 프라이빗 시음회였다.

다양한 맛을 알고 싶었던 욕구가 컸던 나에게 한 병값으로
여러 와인을 마실 수 있는 것은 엄청나게 큰 메리트였다.

시음회에서는 와인 종류가 써 있는 종이를 주고 마시면 좋을
순서대로 서브해줬다. 자연스럽게 가까이 앉은 분들과 서로
어떤 향과 맛이 나는지 얘기해볼 수 있었다.

그날의 경험은 특별했다. 나보다 훨씬 더 경험과 지식이 많
고 내추럴에 진심인 분들과의 대화는 시간이 가는 줄 모르
게 즐거웠다.

특히 그곳에 온 사람들은 향과 맛 표현이 아주 풍부했다. 흔히 일상적으로 말하는 '맛있다, 산미가 있다' 정도보다 훨씬 더 다양한 미각 표현들을 생각해내는 것이 재밌었다.

그리고 내가 생각해보지 못했던 것들, 그동안 궁금했던 것들도 물어볼 수 있었다.

내추럴 와인을 조금이라도 관심 있게 보았다면,

ⓥ 표시가 붙어 있는 와인을 본 적이 있을 것이다. 이것은 뱅 베(Vin V) 수입사에서 릴리스하는 와인들을 뜻한다. 즉, 수 입사의 마크이다.

그걸 알게 된 후로는 내가 마시는 와인을 어떤 수입사가 가져오는지 궁금해서 기록하기 시작했다. 수입사 SNS도 관심 있게 보면서 마신 와인에 대한 정보를 자연스럽게 공부하게 되었다.

그러다 수입사에서 여는 시음회를 가보았다. 수입사 시음회는 업계 사람들이 참석할 수 있는 전문인 시음회와 일반인들을 위한 시음회로 나뉜다. 주로 SNS에 올라오는 공지를 보고 신청할 수 있다.

이걸 다!!?

그 수입사의 신규 입고 와인이나 평소에 궁금했던, 혹은 아예 잘 모르는 와인들까지. 대부분 10종이 넘는 와인들을 한 병값도 안 되는 참가비로 마셔볼 수 있다. 주로 프라이빗 시음회보다 저렴하고 참여 인원도 훨씬 많다.

시음용 잔   시음 리스트

하나씩
가져가세요~

VinV 시음회
1. 도멘라 ___
2. ··· ___
3. ··· ___

시음회에 가면 시음용 잔 하나와 오늘의 라인업 와인의 정보가 담긴 리스트 그리고 물을 준다. 물은 다음 와인 마실 때 입을 린싱하는 용도.

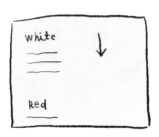

리스트는 주로 가벼운 화이트부터 레드의 순서로, 마시기 좋은 순서대로 짜여 있는 편인 것 같다.

서빙 순서대로 하나씩 쭉 다 마셔보면서 시음 노트에 적기도 하고, 취향 저격 와인은 표시를 해두었다가 다시 맛보기도 한다.

정말 한입만 마실 수 있는 정도의 양을 주지만 종류가 20종 정도 되면 한입씩만 마셔도 취기가 오른다. (빈속에 가면 취해서 나올 수 있음 주의…)

시음회의 목적은 마시고 취하는 게 아닌 여러 맛을 시음하는 것이기 때문에 보통 시음 후 뱉거나 버릴 수 있는 스핏 (spit)툰이 있다. 혹은 따로 스핏용 컵을 주기도 한다.

106

한 병을 시켜서 열어놓고 첫 잔부터 다 마실 때까지의 변화를 음미하거나 할 순 없지만, 취향 찾기엔 이보다 더 좋을 수 있을까! 역시 많이 알려면 많이 경험해봐야 한다!

내가 경험한 프라이빗 시음회는 주최자가 와인 큐레이션을 하고 새로운 사람들과 먹고 마시는 친목 느낌이 강하다면 수입사 시음회는 거의 스탠딩으로 맛보는 것에 집중되어 있는 느낌이었다. 무엇이든 자신에게 더 잘 맞는 시음회를 찾아가면 될 것 같다.

10화

BOOK 토크에

간 참생

어느 날, 열심히 읽었던 내추럴 와인 메이커 책의 저자이신 최영신 대표님의 북토크가 있다는 게시물을 보자마자 무의 식적으로 신청해버린 참생.

그녀의 첫 번째 책에는 내추럴 와인 혁명을 이끈 1세대 생산 자 15명에 대한 인터뷰가 담겨 있다.

최근에 보다 젊은 세대 생산자 43명을 다룬 두 번째 책도 나왔다.(내가 참석했던 북토크는 첫 번째 책의 토크였다.)

최영선 대표님은 현지 생산자들과 국내 수입사들을 연결해 2014년, 내추럴 와인을 처음 국내에 들여오신 분이다. 2017년, 내추럴 와인 페어 '살롱오(Salon O)'를 개최해 국내 시장 확대에 큰 역할을 하셨다.

실제로 뵈었을 때, 자신이 좋아하는 것을 단단하게 쌓아 올린 사람임이 느껴졌다. 당당한 에너지와 포스가 뿜어져 나오는 멋진 분이었다.

금융 업계에서 일하다가 서른여섯 나이에 유학길에 오르신 것도 대단했다. 처음엔 컨벤셔널 와인을 배우셨는데, 이후 어떤 생산자와 내추럴 와인을 우연히 마신 뒤 숙취가 없는 것과 맛의 생동감에 매료되어 본격적으로 내추럴 와인의 길을 걸으셨다고 한다.

전화를 아무리 해도
안 받아서 직접 찾아가고..
생산자들의 고집이
얼마나 쎈지..

프랑스에서 작은 아시아 여자가 바쁜 생산자들을 무작정 찾아간 일, 그리고 생산자들이 내추럴 와인에 익숙한 나라인 일본이 아닌 우리나라에 수출하도록 설득한 일 등등 다양한 에피소드를 말해주셨다. 듣기만 해도 쉬운 길을 걸어오지 않았음이 짐작됐다.

그들은 아르티장이에요.
리스펙할 수밖에
없죠

하지만 이야기하는 내내 그분의 표정과 말에서 와인 메이커들과 이 일을 사랑하심이 느껴졌다.

북토크가 끝나고 호비노(Robinot) 시음회를 가졌다. 처음 마셔보는 비싼 호비노 와인… 방금 들었던 생산자의 와인을 마시니 신기한 기분이었다.

내 테이블엔 나보다 훨씬 더 내추럴 와인 경험이 많은 분들이 계셨다. 한 분이 우리 테이블에 귀해서 잘 못 보는 와인이 있다고 말씀하셨다. 우리는 쉐어해서 한입씩 마셔보면서 친해졌다.

시음회가 끝나갈 때쯤 2월에 살롱오 내추럴 와인 페어가 코로나 이후 오랜만에 다시 개최된다는 소식을 전해주셨다.

주요 수입사들의 와인 생산자들이 직접 한국에 방문한다고 하니 기대하지 않을 수가 없었다. 우리는 다음 페어에서도 보겠다며 한참 수다를 떨었고 그렇게 북토크의 밤이 저물었다.

11 화

내추럴 와인
　　페어

시간이 흘러 해가 바뀌어 2월이 되었고 살롱오 행사 날이 밝았다. 우리는 1부를 신청해서 어쩌다 보니 아침 11시부터 와인을 마시게 되었다.

코로나 이후 처음으로 열린 살롱오. 오픈 시간 전에 도착했는데도 사람이 바글바글하고 줄이 너무 길어서 정말 깜짝 놀랐다.

살롱오는 2017년, 국내에서 처음 시작된 내추럴 와인 페어로 와이너리 생산자들이 내한해 직접 자신의 와인을 소개한다. 슈퍼스타 생산자들이 모인다니 내추럴 업계에선 거의 연예인 콘서트 라인업 느낌이었다. 그만큼 정말 많은 사람이 모였다.

행사장 내부에는 크게 수입사별 부스가 있고 그 수입사와 거래하는 생산자들이 직접 와인을 따라주고 있었다.

들어가서 제일 놀랐던 것은 바로 눈에 띄는 길고 긴 줄… 도대체 무슨 줄인고 하니

Yann Durieux

바로 얀(Yann)의 와인을 마시려는 줄이었다. 그는 러브앤피프(Love and Pif)를 서빙하고 있었다.

평소에도 너무 궁금했던 와인이었고 저렇게 줄을 서니 우리도 서야 할 것 같은 군중 심리…

하지만 시음회는 시간이 정해져 있었고 줄을 서다 다른 걸 마셔볼 시간이 없을 것만 같았다. 다른 생산자에게도 유명하고 좋은 와인들도 많았는데 그곳들은 줄이 별로 길지 않았다.

머리를 굴리다가 전략을 짰다.

우리는 네 명. 각자 맡을 일을 분배해 한 명은 줄 서기, 두 명은 각각 다른 와인 가져오기, 한 명은 안주 사 오기를 하고 줄로 돌아와서 받아온 와인과 안주를 나눠 먹었다. 거의 첩보영화^_^…(여러 명이 시음회를 가면 이런 이점이 있다.)

패트릭 부쥐라는 생산자는 영어로 짧은 대화를 하다가 인스타 친구도 해주었다.

뱅베 대표님, 최영선 대표님도 계셨다. 또 북토크에서 만났던 분들, 업계 사장님들과 생각지도 못한 지인들도 보였다. 거의 만남의 장…!

우리는 시간 가는 줄 모르고 2시간 동안 신나게 마시고 떠들 었다.

사실 이 시기에 개인적인 일로 힘들 때였는데, 페어가 끝나 고 작업실로 돌아와 생각해보니 일주일 만에 가장 많이 웃 었던 날이었다. Perfect한 Refresh day였다는 스토리!

2019년에 시작된 노벰버 내추럴 행사도 있다. 살롱오와 다
른 라인업의 수입사들이 나오는 행사로 11월에 열린다.

돌아다니다 보니 북토크에서 만났던 분들이 계셔서 그분들
의 도움을 받아 이것저것 맛을 보았다. 평소 많이 안 마셔본
샴페인 시음도 했다.

한쪽에는 음식을 파는 부스가 있었는데 평소에 가보고 싶었던 맛집들에서 팝업을 나와 있어서 신나게 먹고,

또 한참을 마시던 우리… 친구는 급기야 그만 마시고 싶다는 충격적인 발언과 함께 행사장에서 퇴장했다는 이야기… 행복한 비명을 한번 질러보고 싶다면 요런 행사들에 가보시기를!

12화

쥐라 와인 과  방식

오건 가메(Gamay)
특유의 뉘앙스가 있는데
좋아하시나요?

내추럴 와인을 마시다 보니 자연스럽게 다양한 품종에 관심을 가지게 되었다. 일반적으로 널리 알려진 카베르네 쇼비뇽, 샤르도네 같은 품종들도 있지만 잘 알려지지 않은 토착 품종들도 많다.

JURA (쥐라)

Jurassic park

예를 들어 영화 〈쥐라기 공원〉의 '쥐라'로 잘 알려진 프랑스의 '쥐라' 지역은 특유의 석회암질 토양으로 유명하다. 암모나이트 화석을 흔하게 주울 수도 있다고…

쥐라에는 이 지역만의 와인들이 있다. 특히 숙성 와인들로 유명한데, 6년 이상 오크통에 숙성하는 황금색의 드라이 화이트 와인 '뱅 존(vin jaune)', 볏짚에서 건조해 당도를 응축해 만든 스위트 와인 '뱅 드 빠이(vin de pailli)'가 대표적이다.

Jura 토착품종

〈 사바냥 〉　　〈 뿔사르 〉　　〈 투루소 〉
Savagnin　　Poulsard　　Trousseau

white　　　Red　　　　Red

화이트는 사바냥, 레드는 뿔사르와 투루소라는 지역 토착 품종의 포도로 와인을 만든다.

숙성 방식

우이야주 (Ouillage)

증발하는 양만큼
와인을 채워
산화를 방지하는 방식

쥐라의 화이트 와인은 다양한 숙성 방식의 차이로 분류된다. '우이야주'는 오크통을 항상 꽉 채워 빈 곳을 없애 산화를 방지하는 방식이다. 샤르도네를 만들 때 많이 쓰이는 방식으로 꽃과 과실 풍미를 살린다.

수 브알 (Sous Voile)

산화
보알르 (voile)
효모막
walnut
Hazelnut 풍미

그리고 오크통에서 와인이 증발해도 그대로 두어 산화가 일어나면서 와인 표면에 얇은 효모막(voile)을 형성하게 하는 '수 브알' 방식도 있다. 효모막이 생기면 과도한 산소와의 접촉을 막아주고 와인은 효모층 아래에서 천천히 숙성된다. 이 과정에서 독특한 풍미가 생긴다.

뱅존 (Vin Jaune)
　　발효후 6년간 오크통 숙성

우이야주 ✕

'뱅 존'은 노란 와인이라는 뜻으로 '사바냥' 품종으로 만든
다. '수 브왈' 방식으로 오크 통에서 6년 이상 숙성 과정을
거친다. 풀바디에 복합적인 견과류와 향신료, 염수, 산화 풍
미를 가지게 된다.

Clavelins
　　　황금을 품는 병

620㎖

이후 클라블랑이라는 특별한 병에 담긴다. 620밀리리터 용
량의 병이다. 1리터의 포도즙이 6년 3개월의 숙성을 버티고
남는 용량이다. 황금을 담는 병이라고도 한다.

Vin de Paille
(뱅 드 빠이 / 스위트 와인)

건조한 밤에서 수개월 건조

→ 3년간 숙성

꿀, 카라멜, 자두 풍미

볏짚 더미 위에서 최소 6주의 건조 과정을 거치는 '뱅 드 빠이' 방식도 있다. 자연적으로 포도즙의 당도를 최대한으로 응축한다. 이렇게 만들어진 와인은 밀도감 높은 스위트 와인이 된다.

와, 엄청 강하고 독특해! 약간 위스키 같은 느낌이라 나는 좋아!

Vin jaune은 지금까지 마셨던 와인들이랑 정말 다르네!

이 세상에 맛있는 와인들은 너무 많지만 한 번쯤 모험적인 와인을 맛보고 싶다면 쥐라 와인에 도전해 보는 건 어떨까!

다양한 숙성 방식과 그만큼의 다채로운 향과 맛을 내는 내
추럴 와인의 매력… 정말 무궁무진하다.

13화

팁시마의

탄생

평소 맛있는 것과 와인을 함께 즐기던 기획자 지인이 와인
바 팝업 전시 제안을 해왔다. 한때 바틀샵을 차리고 싶다는
생각도 했던지라 솔깃한 제안이었다.

평소에 그리던 여행지와 풍경 위주 그림

장소가 갤러리가 아닌 만큼 평소 그리던 그림을 거는 전시
보다 새롭고 재미있는 도전을 하고 싶었다. 와인과 음식을
좋아하는 작가가 와인바에서 하는 팝업 전시라면…?

콘셉트에 대해 고민하다가 큰 주제는 '와인, 음식, 친구들'로 잡고 내가 만약 와인바를 오픈한다면 어떤 스토리를 담고 싶은지, 어떤 식으로 공간을 꾸미고 싶을지 상상해보았다.

우선 주인공이 있으면 좋겠다고 생각했다. 참생으로 할까 고민했지만 조금 더 중성적이고 싶었고, 다소 정적인 나의 작가 페르소나와는 다른, 와인을 마실 때처럼 친구들과 활기차게 떠드는 본래 내 성격과 더 가까운 느낌의 캐릭터로 만들고 싶었다.

고민 끝에 떠오른 아이디어는 작년에 독립출판으로 만들었
던 도서 표지에 그린 생쥐같이 생긴 취한 강아지를 디벨롭
하는 것이었다.

이런저런 스케치들을 하면서 항상 조금 취해 있는 이 캐릭터
이름을 영어 단어 Tipsy(취한)와 내 이름 마리아(Maria)의
'Ma'를 더하여 '팁시마'로 정하고 나를 상징하는 것들을 생
각해보았다.

내 본캐는 여행하는 걸 좋아하고 그 풍경을 그려내는 아티스트. 따뜻한 분위기의 공간에서 좋은 사람들과 맛있는 음식과 와인을 즐기는 걸 좋아하고 주변에 와인을 좋아하는 작가 친구들이 많다.

이 특징을 살려서 공간 콘셉트를 팁시마의 별장으로 정했다. 아티스트인 팁시마가 여행을 하다가 발견한 코티지를 별장 삼고, 각지에서 놀러 온 친구들과 별장을 꾸미고 찾아오는 손님들에게 맛있는 식사와 와인을 내어주는 콘셉트.

혼자 전시를 해도 되지만 그림 말고도 다양한 작업으로 별
장을 꾸미고 싶어서 곧장 작가 친구들에게 연락을 하고 미
팅을 했다. 다행히 모두 긍정적인 회신을 해줬다.

각 작가 친구들에게 콘셉트를 알려주고 어떤 작업을 하면
좋을지 회의하며 조율해갔다.

이전까지는 혼자 그림을 그리는 게 전부였는데 갑자기 일을 벌여서 기획을 하게 되었으니… 할 일이 몇 배가 되었다…

콜라보 작업과 미팅을 하면서 메인 캐릭터 팁시마처럼 친구들의 특징을 살린 캐릭터도 만들면 좋겠다고 생각했다.

그렇게 탄생한 팁시마와 친구들

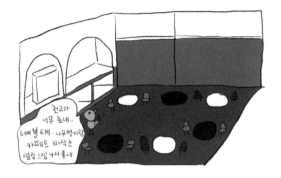

전시 공간 답사를 갔다. 옹기종기 아늑한 별장 분위기를 내기에는 천고가 너무 높았다. 그리고 당시 진행되던 전시물이 꽤 컸는데 이게 빠지면 공간이 너무 텅 비어 보일 것 같았다.

천고를 낮게 할 여러 방법을 고민해보고 벽에는 팁시마에 관련된 그림들을 그려서 걸기로…

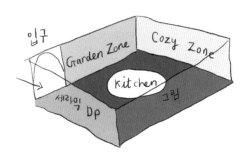

별장 공간은 크게 cozy, garden, kitchen zone으로 나눠서 스타일링하기로 했다.

각 공간을 구성할 레퍼런스들을 찾아보고 필요한 물품들을 알아보고…

그 이후… 굿즈 디자인도 하고…

세라믹 콜라보 작업도 하고…

디저트 콜라보도 하고…

그림 작업도 하고…

가든존을 만들고…

아티스트 와인 픽을 고르기 위해 시음도 하고…

아티스트 콜라보 메뉴 기획도 하고… 테스팅도 하고…

메뉴판도 만들고…

정신없이 오프닝 파티를 기획하다 보니 한 달이 순식간에 지나 갔다.

그렇게 팁시마의 와인바 오픈. 이것저것 신경을 많이 썼던 걸 알아주던 사람들 덕분에 기분이 좋았다.

그냥 와인을 좋아하고 마시기만 했을 뿐인데, 작지만 이런 이벤트를 기획해보다니… 힘들기도 했지만 재밌어서 시작한 일이라 신나게 할 수 있었다.

와인을 순수하게 좋아하는 마음은 전혀 생각지 못한 일들도 벌이게 했다. 좋아하는 마음과 내가 하고 있는 일이 만나 또 어떤 기획과 삶의 모양으로 뻗어나갈지 모르니, 마음이 다할 그날까지 쭈욱 좋아해 볼 거다.

14화

즐기는
마음으로

와인에 관해 잘 모르던 참생⋯ 라벨에 반해 우연히 내추럴
와인을 접하게 되었고,

그게 계기가 되어 시음회도 가고⋯ 공부도 하며 생각보다
깊게 빠지며 누가 시키지도 않은(?) 이런저런 경험을 하게
되었다.

이제는 와인을 고르고 마실 때 어떤 생산자의 어떤 품종으로 만든 어느 나라 와인인지, 어느 수입사에서 가져왔고 맛이 어떤지를 본다. (물론 라벨도 본다…!)

물론 지금도 와인이 업인 사람들보다 지식은 훨씬 부족하지만…

그럼에도 이 책을 쓰게 된 것은

참생과 같은 와인 초심자들에게도 도움이 되길 바라는 마음에서, 그리고 참생이 좋아하는 마음을 기록한 과정이 누군가에게 용기가 될 수도 있을 것 같아서…

많이 알고 마시는 것도 중요할 수 있지만 나에겐 즐기는 마음을 갖는 것이 더 중요하다 ♡

그럼 이제 여행을 떠나볼까! 현지에서 경험하는 와인들을 만나러!

Natural wine and more

(와인
시음 노트)

와인 노트가 있으신가요?

내추럴 와인을 알고 나서부터 취향을 찾기 전까지 이런저런 와인들을 시도해보았습니다. 많이 경험해봐야 어떤 맛을 좋아하는지 알게 된다고 생각했거든요. 조금은 취향을 알게 된 것만 같은 지금도 여전히 새로운 와인을 시도하고 있습니다. 그러니까 비율로 따지자면 세 잔 중 두 잔 정도는 모험하는 느낌으로 고른달까요.

그렇지만 신중하게 선택한, 또는 추천받은 와인을 기대하며 한입 마시는 순간 입맛에 맞지 않으면 '아, 역시 안전한 선택을 할 걸 그랬나' 하고 가슴 한구석이 쓰라려 오기도 합니다. 취향에 맞지 않다고 쿨하게 한 병을 마시지 않기에는 가격대가 있다 보니 더 그런 것 같아요…

모험을 하면서도 내 취향에 맞는 와인을 고를 수 있는 안목을 가지기 위해 와인 바틀샵과 수입사의 SNS 계정에서 와인 리스트를 끝없이 스크롤링하다 이런 생각이 들었습니다. 시각적으로 한눈에 잘 정리되어 있는 와인 노트가 있으면 좋겠다는 생각이요. 자세한 설명을 읽는 것도 좋지만, 음악 취향이 맞는 사람의 플레이리스트를 듣는 것처럼 와인 노트를 공유한다면… 그러면 누군가의 와인 모험 성공률도 조금 더 높아지지 않을까? (그럼 나처럼 가슴이 쓰릴 일도 적지 않을까…?) 이 장에는 그렇게 나 말고 혹시 시음 노트를 찾아 헤매는 다른 사람들에게도 도움이 되지 않을까 하며 만들었던 와인 노트를 담았습니다.

그동안 마셨던 다양한 와인 중 저에게 미각이나 후각, 시각적으로 (맛이나 라벨, 병 모양 등) 기억에 남는 와인을 셀렉하여 그렸습니다. 각 와인 그림 옆에는 생산자, 와인 이름, 생산국, 와인 종류 같은 와인의 기본 정보가 써져 있으며 시음 노트도 적혀 있습니다. 23종의 와인은 화이트, 오렌지, 로제, 레드 순으로 정리해보았어요. 이 책에서 오렌지 와인은 스킨 컨택 여부 기준으로 분류했답니다. 최대한 각 수입사에 문의하여 분류했지만, 오렌지 와인의 기준이 분분하기 때문에 와이너리의 입장과는 다를 수도 있다는 점… 알아주세요…!

와인에 관한 짧은 시음 노트는 제가 주관적으로 느낀 내용과 함께 와인을 구매할 때 추천해준 분들의 설명을 참고했습니다. 같은 와인이어도 사람마다 호불호가 있을 수 있으며 시음한 시점, 온도, 빈티지(연도)에 따라 맛의 차이가 있으니 와인을 즐기시며 '아, 참생은 이렇게 느꼈구나!' 라고 참고용으로 봐주시면 감사하겠습니다.

와인 노트 옆에는 생산자와 와이너리의 이야기를 덧붙였습니다. 왜냐하면 내추럴 와인은 와인의 맛도 맛이지만 무엇보다 생산자와 그의 철학이 가장 중요한 부분이거든요. 와인의 맛과 라벨의 디자인 하나하나가 생산자의 삶과 연관된답니다. 그러니까 생산자와 테루아의 이야기를 알고 마시면 내추럴 와인이 더 맛있을 거예요!

와인을 마시는 자리는 대부분 즐겁다 보니 다음 날 마셨던 와인을 떠올려 보면 명확히 기억나지 않을 때도 있었죠. 그래서 지금은 마실 때 일단 먼저 적어놓고 놉니다! 저만의 시음 노트 기록은 앞으로도 계속하고 싶거든요. 정확히 기억은 안 나도 그날의 분위기, 오갔던 대화… 그런 것들이 이 노트를 보면 떠오르더라고요. 그런 시간이 우리가 느긋이 와인을 마시는 즐거움이니까요. 여러분도 함께 참생의 와인 노트를 보며 내추럴 와인 도장 깨기를 해보면 어떠실지요…? 내친김에 나만의 와인 노트를 만들어봐도 좋겠지요. 호호. 그럼 좋아하는 와인 한 잔을 홀짝이면서 함께 즐겨주세요!

시음 노트 읽는 법

와인 병에 Ⓥ 표시는 와이너리의 병 디자인이 아닌 수입사 '뱅베'의 로고로 수입하는 와인들에 붙이는 표기입니다.

● 지역 - 프랑스, 이탈리아, 스페인, 오스트리아.
  시음 노트의 와인들은 유럽 와인들이에요

🍇 와인 품종 - 비교적 친숙한 소비뇽 블랑부터
  생소한 품종까지 다양한 품종의
  포도가 있어요!

시음 노트 - 참생의 주관적인 입맛대로
  생각대로 적어 봤어요 ☺

🍷 와인색 - 화이트, 오렌지, 로제, 레드
  네 가지 색으로 분류했어요!

🍾 와인 이름 - 같은 와인이어도 포도 수확연도에
  따라 맛에 차이가 있을 수 있어요~

빈티지 - 와인의 재료인 포도 수확 연도를 말해요

내추럴 와인은 귀여워

COYADE

3 of 6 2019

France
Roussillon
(루시용)

WHITE
Macabeo
(마카베오)

NOTE

시큼한 파인애플, 살구산도
허브뉘앙스, 쌉싸름, 솔티함
살짝 고소한 끝맛
미디엄 바디

도멘 빈치
Domaine Vinci

코야드
Coyade

(와이너리 더 알기)
more about winery

2001년 남프랑스 페르피냥(Perpignan) 북쪽 아글리(Agly) 계곡에
지어진 와이너리. 스페인 카탈루냐와 가까워 '프랑스의 카탈루냐'
로 불리는 이 지역은 대부분 50년 이상 된 '올드 바인'들로 우거져
있다. 그 아름다움에 반해 와이너리를 만들었다는 생산자의 말처
럼 와인 라벨에는 마치 모네의 풍경화 같은 그림이 그려져 있다.

(참생의 내 맘대로 한 줄 평)
chamsaeng garasadae

라벨과 하늘색 밀랍 뚜껑의 조화가 너무 예쁜 와인.
마시면 산들산들 춤을 추고 싶은 기분.
라벨이 하나의 작품 같아서 선물용으로 굿!

LE Raisin A Plume

르 해장 아 플룸

Le Moulin

르 물랭 2020

📍 France
Loire
(루아르)

🍷 WHITE

Melon de Bourgogne
(믈롱 드 부르고뉴)

NOTe

사과 잼, 모과, 플로럴
감귤 계열의 산도
굴, 이스트 등이

르 헤장 아 플룸
Le Raisin a Plume

르 물랭
Le Moulin

(와이너리 더 알기)
more about winery

호주의 젊은 소믈리에였던 자크(Jacques Février)는 와인 생산자가 되기로 결심하고, 양조를 배운 뒤 프랑스로 건너와 와이너리를 설립했다. 르 헤장 아 플룸의 와인은 6헥타르의 넓은 지역에서 유기농법으로 재배된다. 이렇게 만들어지는 와인은 그의 기분 좋은 웃음과 닮은 유쾌함을 담뿍 담고 있다.

(참생의 내 맘대로 한 줄 평)
chamsaeng garasadae

날이 슬슬 더워질 무렵 생각나는 와인.
너무 무겁지 않지만 그렇다고 가볍지도 않게 즐길 수 있는
가격 대비 맛 좋은 와인!

MARIE ROCHER

마리 호세

Emmenez-moi

아므네 무아 2020

📍 France
  Loire (루아르)

🍷 WHITE
  Sauvignon Blanc
  (소비뇽 블랑)

NOTE
―――――

풀꽃, 청사과, 복숭아
서양배, 절량
미네랄
미디엄 바디

화이트

마리 호세
Marie Rocher

아므네 무아
Emmenez-moi

(**와이너리 더 알기**
more about winery)

마리 호세는 출판업을 하는 아버지 장 폴 호세를 따라 자연스럽게 편집자가 되었다. 내추럴 와인 책을 편집하며 생산자들과 교류했는데, 전설적인 양조자 쥘 쇼베(Jules Chauvet)의 테이스팅 노트를 모아 출판한 책의 공동 편집자였으며, 자연 발효 빵을 만드는 제빵사에 관한 책을 출판했다. 이처럼 유기농, 아르티장, 로컬 푸드, 내추럴 와인은 그녀의 삶 자체였다. 그 후 와인 학교에 입학하여 유기농 포도 재배와 와인 양조에 대해 배웠다.

(**참생의 내 맘대로 한 줄 평**
chamsaeng garasadac)

참생이 처음 마신 내추럴 와인.
감각적인 라벨과 맛.
'날 데려가줘요'라는 뜻의 '아므네무아'.

LA TOURAIZE

라 뚜레즈

Chardonnay les Voisnes

샤르도네 레 부아진 2018

📍 FRANCE

Jura (쥐라)

🍷 WHITE

Chardonnay

(샤르도네)

NOTE

피인애플, 흰꽃, 오크향
오일리, 약간 버터리
미네랄리티, 복합미
고소한 볶은깨 여운

화이트

라 뚜레즈
La Touraize

샤르도네 레 부아진
Chardonnay Les Voisnes

와이너리 더 알기
more about winery

1700년대부터 8대째 이어지고 있는 유서 깊은 와이너리. 라벨에는 암모나이트가 그려져 있다. 포도밭은 수억 년 전 중생대 쥐라기의 바다가 솟아오른 곳이라 하얀색과 푸른색의 암모나이트 화석으로 뒤덮인 석회암 토양이며, 지금도 화석을 주울 수 있다고 한다. 이렇듯 독특한 테루아에서 자란 포도로 만든 라 뚜레즈의 와인은 최고의 미네랄리티를 자랑한다.

참생의 내 맘대로 한 줄 평
chamsaeng garasadae

쥐라 지역의 독특한 히스토리를 떠올리며 마시면
훨씬 더 재밌는 와인!

Maria &
SEPP MUSTER

마리아 & 셉 무스터

Graf Sauvignon

그라프 소비뇽 2019

📍 Austria

Styria
(스티리아)

🍷 WHITE

Sauvignon
blanc

(소비뇽 블랑)

Note

감귤, 살구, 엘더플라워
상큼한 산도, 미네랄리티
볶은깨의 고소함
미디움 바디감

화이트

마리아 앤드 셉 무스터
Maria and Sepp Muster

그라프 소비뇽
Graf Sauvignon

와이너리 더 알기
more about winery

오스트리아를 대표하는 와이너리 중 하나. 빈에서 남서쪽으로 180 킬로미터쯤 떨어진 스티리아(Styria) 지역에 고도 450미터 위 경사면에 있다. 선선한 바람과 따뜻한 햇살을 갖춘 곳으로 특히 이 지역의 독특한 토양인 이회토(물을 잘 머금는 서늘한 진흙토이면서도 석회석이 고루 섞여 있는 토양)가 와인의 복합적인 향을 더해준다. 색이 고루 어우러진 라벨은 땅, 하늘, 포도의 상호작용을 표현한다.

참생의 내 맘대로 한 줄 평
chamsaeng garasadae

마크 로스코의 그림을 연상시키는 라벨.
참생의 본명과 같은 마리아와 남편 셉 무스터의 와인!

Partida CREUS
파르티다 크레우스

Blanco Natural
블랑코 내추럴 2019

SPAIN
Penedes
(페네데스)

WHITE

Macabeo
Cartoixa Vermell

(마카베오,
카르토이샤 베르멜)

Note

꽃, 청사과, 꿀

레몬, 오렌지 산미

복숭아, 살구 과실미

미네랄리티, 미디움 바디

화이트

파르티다 크레우스
Partida Creus

블랑코 내추럴
Blanco Natural

와이너리 더 알기
more about winery

바르셀로나에서 건축가로 일하던 이탈리아 출신의 부부가 페네데스(Penedes)로 귀농 후 만든 와이너리. 바르셀로나와는 달리 내추럴 와인을 손쉽게 구하기 힘들어 고민하던 중 우연히 오래되고 버려진 포도밭에서 생소한 토착 품종들을 발견하고 직접 와인을 만들기 시작했다. 지금은 카탈루냐 품종의 보호구역과 같은 역할을 하며 잊혔던 품종들로 어디에 내놔도 손색없는 와인을 만들고 있다.

참생의 내 맘대로 한 줄 평
chamsaeng garasadae

알파벳으로 디자인된 라벨이 독특하다.
알파벳별로 모두 모으고 싶은 충동이 드는 와인!

JULIEN MEYER

줄리앙 마이어

Grittermatte Riesling

그리떼마뜨 리슬링 2018

🍷 FRANCE

Alsace

(알자스)

🍂 WHITE

Riesling

(리슬링)

Note

구운사과, 시나몬 향

청사과, 오렌지 산미

짭짤한 미네랄리티

호두 같은 고소한 끝맛

미디움 바디감

줄리앙 마이어
Julien Meyer

그리떼마뜨 리슬링
Grittermatte Riesling

와이너리 더 알기
more about winery

프랑스 알자스(Alsace) 지역의 바 랭(Bas Rhin)에 있으며 1706년부터 시작된 와이너리이다. 이전에는 컨벤셔널 와인을 생산했지만 현재 소유주인 패트릭(Patrick Meyer)는 지난 30년간 내추럴 와인에 집중해서 와인을 양조 중이다. 주요 품종인 리슬링은 소비뇽 블랑, 샤르도네와 더불어 3대 화이트 품종에 속한다.

참생의 내 맘대로 한 줄 평
chamsaeng garasadae

소개팅에서 마음에 드는 상대가 있다면 시킬 것 같은 와인.
다양한 뉘앙스를 느낄 수 있다.

GERARD SCHUELLER

제라드 술러

Gewurztraminer Bild

게뷔르츠트라미너 빌드 2020

France
Alsace
(알자스)

WHITE

Gewurztraminer
(게뷔르츠트라미너)

NOTE

리치, 플로럴, 복숭아향
자몽, 청사과 산도
망고, 꿀의 달달함
미디움 바디감

화이트

제라드 슐러
Gerard Schueller

게뷔르츠트라미너 빌드
Gewurztraminer Bild

와이너리 더 알기
more about winery

프랑스 알자스 지역에서 아버지 제라드와 아들 브루노가 운영하는 와이너리. 브루노 슐러(Bruno Schueller)는 1982년부터 와인 양조에 합류하였으며, 현재 실질적으로 와이너리를 이끌고 있다. 매년 약 25종의 와인을 출시하는 변화무쌍함을 보인다. 그는 생산자의 정교한 노력과 자연의 힘이 만나 와인이 탄생한다고 여기며, 평가나 엄격한 틀에 얽매이는 방식을 거부한다.

참생의 내 맘대로 한 줄 평
chamsaeng garasadae

둥글둥글 우아하고 달큰한 느낌도 있는…
그냥 맛있다, 라는 말이 어울리는 와인!

INDIGENO

인디제노

MEGA BLEND 메가블렌드
Vino Bianco 비노 비앙코

📍 ITALY

Abruzzo

🍷 O'RANGE

Chardonnay
Sauvignon Blanc
Trebbiano

NOte

파인애플, 시트러스 산미
효모향, 너티함
깨볶, 누룽지 고소한 끝맛
라이트 바디

인디제노
Indigeno

메가블렌드 비앙코
Megablend Bianco

와이너리 더 알기
more about winery

이탈리아 중부 와인 산지인 아브루쪼(Abruzzo)에서 세 명의 친구들이 운영하는 내추럴 와인계의 루키. 화학 첨가물을 최소화하고 천연 효모를 사용한 신선하고 산미의 밸런스가 뛰어난 유기농 와인을 생산한다. 도수는 거의 12도를 넘지 않고 편안하게 마실 수 있는 와인을 지향한다.

참생의 내 맘대로 한 줄 평
chamsaeng garasadae

국내 유명 셀럽의 추천으로 품절 대란이 됐던 바로 그 와인.
새콤하고 가볍고 주시한 오렌지 와인을 마시고 싶다면!

CORVA GIALLA

코르바지알라

VINO Bianco

비노 비앙코 2019

📍 ITALY

Lubreano

[루브리아노]

🍷 ORANGE

Grechetto
Trebbiano
Procanico

[그레케토, 트레비아노,
프로카니코]

Note

사과, 파인애플과 설이
감칠맛, 주시, 미네랄리티
구수한 여운

오렌지

코르바지알라
Corvagialla

비노 비앙코
Vino Bianco

와이너리 더 알기
more about winery

2007년 이탈리아 중부에서 시작된 와이너리. 자연을 존중하는 것이 우선순위라는 그들의 철학처럼 손으로 수확하는 방식을 추구한다. 여러 작물을 키우며, 닭, 거위, 염소, 당나귀도 있는 비옥하고 아늑한 농가이다. 와인은 14일간의 스킨 컨택(skin contact)과 발효, 숙성 과정 후 빛을 보게 된다.

참생의 내 맘대로 한 줄 평
chamsaeng garasadae

감칠맛과 구수한 효모 여운까지
생각만 해도 군침이 도는 맛.
내추럴이 처음인 사람들도 좋아하는 와인!

RADIKON

라디콘

Jakot

야콧 2015

 ITALY

NOte

Friuli Venezia Giulia

(프리울리 베네치아 줄리아)

망고, 오렌지껍질 향
살구잼, 복숭아 과실미
산도, 탄닌, 골격감의 밸런스

미디움-헤비 바디

 ORANGE

Tocai Friulano

(토카이 프리울라노)

라디콘
Radikon

야콧
Jakot

(와이너리 더 알기)
more about winery

와인을 만들 때 그 어느 것도 더하지도 빼지도 않는다는 신념을 가지고 와인을 만드는 샤샤 라디콘(Sasa Radikon)은 포도와 효모만으로 충분히 맛있는 와인을 만들 수 있다고 말한다. 기존의 750밀리리터 병이 혼자 마시기에는 너무 많고, 둘이 마시기에는 충분치 않다고 느껴서 병의 용량을 500밀리리터와 1리터 두 가지로 변경하고, 그에 맞는 코르크도 특별 제작한다고 한다. 프리울라노(Friulano) 품종은 예로부터 라디콘이 위치한 이탈리아 북부에서 토카이(Tokaj)라 불렸는데 헝가리의 토카이 와인과 헷갈릴 수 있다는 이유로 품종명을 금지하게 되었고, 이를 항의하기 위해 스펠링을 거꾸로 배치해 야콧(Jakot)이란 이름을 사용하게 되었다.

(참생의 내 맘대로 한 줄 평)
chamsaeng garasadae

오렌지 와인계의 셀럽!
작은 용량이 너무 아쉬워서 천천히 마시게 되는 와인.

Cascina Degli Ulivi

카시나 델리 올리비
(스테파노 벨로티)

FILAGNOTTI

필라뇨티 2016

📍 ITALY

Piemonte

(피에몬테)

🍷 ORANGE

Cortese

(코르테제)

NOTE

시트러스 산미, 아카시아꽃
살구의 알싸함, 복숭아 과실미
꿀, 아몬드, 깨볶, 견과류의
너티함과 짭조름한 뒷맛의
여운이 오래 남음. 미디움 바디

카시나 델리 울리비
Cascina Degli Ulivi

필라뇨티
Filagnotti

〈 **와이너리 더 알기** 〉
more about winery

이탈리아 북부 도시 노비 리구레(Novi Ligure)의 언덕에 위치한 와이너리. 내추럴 와인의 아버지로 불리는 스테파노 벨로티(Stefano Bellotti)는 1977년 유기농법을 시작으로 1984년 비오디나미 농법으로 일하기 시작한 이탈리아 비오디나미 농법의 선구자 중 한 명이다. 2018년 그가 세상을 떠난 뒤에는, 딸 일라리아 벨로티에 의해 운영되고 있다.

〈 **참생의 내 맘대로 한 줄 평** 〉
chamsaeng garasadac

강아지 그림이 매우 귀엽다.
오픈 후 시간이 지나면서 훨씬 더 너티해지는 매력!

Cascina Degli Ulivi

카시나 델리 올리비
(스테파노 벨로티)

MONTEMARINO

몬테마리노 2016

ITALY

Piemonte
(피에몬테)

ORANGE

Cortese
(코르테제)

NOte

꽃, 잘 익은 과실향
모과, 자몽
스파이시함, 젱키한 복합미
캐러멜, 너트 피니시
미디움- 헤비 바디감

카시나 델리 울리비
Cascina Degli Ulivi

몬테마리노
Montemarino

품종 더 알기
more about grape

코르테제(Cortese)는 이탈리아 북부의 주요 포도 산지 피에몬테에서 나오는 토착 청포도 품종이다. 높은 산미가 특징이며 신선하고 상쾌한 라임, 아몬드 그리고 가벼운 허브 또는 잔디의 아로마를 지닌다. 사과와 복숭아의 풍미가 있다.

참생의 내 맘대로 한 줄 평
chamsaeng garasadae

맨날 똑같은 블랑이나 샤르도네만 마셔봤다면 추천!
복합적인 향미가 나는 매혹적인 와인.

le Coste

레 코스테

ROSATO

로사토 2019

ITALY

Lazio

(라치오)

ROSE

Aleatico

(알레아티코)

Note

은은한 꽃, 장미향

체리, 산딸기의 상큼, 주시함

허브 뉘앙스, 미네랄리티

라이트 - 미디엄 바디

로제

레 코스테
Le Coste

로사토
Rosato

(**와이너리 더 알기**)
(more about winery)

로마 북쪽의 볼세나 호수 근처에 있는 화산 기슭에 자리 잡은 이탈리아를 대표하는 와이너리 중 하나. 철분과 미네랄이 풍부한 화산토는 와인에 풍부한 미네랄리티를 준다. 마콩(Mâcon)에서 포도 재배를 공부하고, 보르도(Bordeaux) 와인 학교를 졸업한 열정 넘치는 부부 양조가가 운영한다.

(**참생의 내 맘대로 한 줄 평**)
chamsaeng garasadae

참생의 로제 페이보릿!
말해 뭐 해?
알쓰 친구도 좋아하는 와인!

INDIGENO
인디제노

MEGA BLEND 메가블렌드
Vino Rosato 비노 로사토

ITALY
Abruzzo

ROSE

Montepulciano
Trebbiano
Montonico
Malvasia

NOTE

블러드 오렌지, 수박, 홍초
콤부차, 펑키, 동치미, 상큼
쟁하고 톡톡 튀는 산미
구수한 누룽지 끝맛

인디제노
Indigeno

메가블렌드 로사토
Megablend Rosato

품종 더 알기
more about grape

몬테풀치아노(Montepulciano)는 이탈리아 레드 와인 품종으로 움브리아(Umbria)와 토스카나 남부 지방에서 주로 재배된다. 자두 풍미가 둥글게 전해지며, 잘 익은 탄닌과 좋은 산미가 부드럽다. 이 품종으로 생산된 와인 대부분은 아부르쪼에서 나오기 때문에 '몬테풀치아노 다브루쪼'라고 부르기도 한다. '비노 노빌레 디 몬테풀치아노'와 혼동할 수 있는데 이는 토스카나 몬테풀치아노 지역에서 생산된 산지오제베 품종 기반의 레드 블렌드 와인으로 전혀 다른 와인이다.

참생의 내 맘대로 한 줄 평
chamsaeng garasadae

보이면 쟁여두는 데일리 와인.
주시한데 누룽지 피니시라뇨?
가격도 좋고 참생이 가장 많이 마신 와인 중 하나!

INDIGENO

인디제노

ROSSO

로소

ITALY
Abruzzo
(아부르쪼)

RED
Montepulciano
Trebbiano
(몬테풀치아노, 트레비아노)

Note

자두, 크랜베리, 체리, 과실미
주시, 펑키, 탄산감
톡톡튀는 산미, 동치미 뉘앙스

인디제노
Indigeno

로쏘
Rosso

(**품종 더 알기**
more about grape)

트레비아노(Trebbiano)는 이탈리아에서 많이 재배되는 화이트 와
인용 품종으로 프랑스에서는 우니 블랑(Ugni Blanc)으로 불린다.
풍미는 중성적이고, 산미가 높으며 신선하고 과실향이 풍부하지만
오래 지속되지는 않는다. 프랑스 코냑과 아르마냑 지역에서
는 이 품종으로 만든 와인을 증류해 증류주를 만들기도 한다.

(**참생의 내 맘대로 한 줄 평**
chamsaeng garasadae)

무겁지 않고 캐주얼하게 마실
주시한 레드를 찾는다면?

MAI &
KENJI HODGSON
메이 & 켄지 호지슨

Flotsam
플롯삼 2019

🍷 FRANCE
Loire (루아르)

🍇 RED
Cabernet Franc
(카베르네 프랑)

NOTe

가죽, 콜라향,
블랙베리, 자두, 체리, 산미
후추, 피망, 허브의 스파이시한 끝맛
Fizzy, 주시, 가벼운 바디감

메이 & 켄지 호지슨
Mai & Kenji Hodgson

플롯삼
Flotsam

(**와이너리 더 알기**)
more about winery

내추럴 와인에 관심이 많던 캐나디안 일본인인 켄지와 일본인인
메이가 캐나다에서 프랑스로 이주해 2009년에 만든 와이너리. 일
년에 약 1만 병만을 생산해 프랑스에서도 구하기 힘들다고 한다.
30~60년 된 포도나무에서 슈냉 블랑, 카베르네 프랑을 주로 재배
한다.

(**참생의 내 맘대로 한 줄 평**)
chamsaeng garasadae

가벼운 것 같으면서도 복합적인 맛과 텍스처가 좋은,
내추럴 안 좋아하는 친구도 꿀떡꿀떡 마신 레드!

SEXTANT
JULien Altaber

셍스탕 - 쥴리앙 알타베

Coteaux Bourguignons

꼬또 부르기뇽 2019

📍 FRANCE

Bourgogne

(브르고뉴)

NOTe

산딸기, 체리, 딸기, 콜라

초반에 자글자글 피지한 탄산감

펑키, 주시, 발사믹 느낌의 산도

라이트 - 미디움 바디

🍇 RED

Pinot Noir
Gamay

(피노 누아 / 가메)

레드

섹스탕-줄리앙 알타베
Sextant Julien Altaber

꼬또 부르기뇽
Coteaux Bourguignons

와이너리 더 알기
more about winery

섹스탕의 설립자이자 양조자 줄리앙 알타베(Julien Altaber)는 부르고뉴 출신도, 상속받은 포도밭이 있었던 것도 아니다. 그는 낙농업자인 부모님 밑에서 자라며 양조에 관심을 가졌다. 그리고 16살에 인턴십을 통해 처음 와인을 만들며 양조의 세계에 발을 내딛게 된다. '섹스탕'은 배의 위치를 알기 위해 천체와 수평선 사이의 각도를 측정하는 장치 이름이다. 새로운 방향을 제시하고 도전하는 와이너리의 철학을 담았다.

참생의 내 맘대로 한 줄 평
chamsaeng garasadae

이름을 듣고 오해하기 쉽지만
'육분의'라는 장치 이름이니 오해 노노!
하지만 섹시하고도 매력 있어 왠지 밤에 마시고 싶은 그런 와인.

FABIO GEA

파비오 제아

DNA SS

디엔에이 SS 2020

📍 ITALY

Piemonte
(피에몬테)

🍇 RED

Nebbiolo
(네비올로)

NOTE

산딸기, 크랜베리, 쨍한산도

주시, 허브뉘앙스

미디움 바디감

파비오 제아
Fabio Gea

디엔에이 에스에스
DNAss

(와이너리 더 알기)
more about winery

이탈리아 바르바레스코(Barbaresco) 지역에서 가장 유명한 탑 와이너리이다. 강한 탄닌감이 특징인 네비올로(Nebbiolo) 품종을 주로 생산한다. 그의 할아버지는 200종 이상의 포도 품종을 재배하고 관리하던 전문가였다. 파비오는 지질학자로 성공한 삶을 살고 있었으나, 가족의 전통을 이어가기 위해 돌아왔다. 파비오는 손으로 수기해 라벨을 붙일 정도로 극소량생산을 하며 장인 정신으로 와인 양조를 위해 헌신하고 있다.

(참생의 내 맘대로 한 줄 평)
chamsaeng garasadac

신기하게 생긴 병만 봐도 그냥 소장각.
아무 곳에서나 쉽게 보진 못했어서 보이면 한번 도전해보기를 권함!

GUT OGGAU

구트 오가우

Atanasius

아타나시우스 2019

AUSTRIA
Burgenland
(부르겐란트)

RED
Zweigelt
Blaufrankisch
(츠바이겔트, 블라우프랭키쉬)

NOTe

프룬, 체리, 블루베리 과실미
가죽, 버섯, 향신료 뉘앙스
미네랄, 탄닌, 적당한 산미
미디움 바디감

구트 오가우
Gut Oggau

아타나시우스
Atanasius

와이너리 더 알기
more about winery

구트 오가우는 오스트리아 부르겐란트(Burgenland)에 오가우라는 가상의 작은 마을을 만들어 와인에 캐릭터를 부여한 재밌는 프로젝트이다. 6가지 포도 품종이 각각 블렌딩되어 만들어지는 구트 오가우의 와인들은 와인의 성격을 보여주듯 인물이 들어간 레이블이 붙여진다.

참생의 내 맘대로 한 줄 평
chamsaeng garasadae

얼굴 와인으로 너무나 유명한 와인.
가상의 마을 '오가우'에 가상의 인물 캐릭터들을
부여한 아이디어가 좋다!

MARIE ROCHER

마리 호셰

Les Passantes

레 파상트 2020

내추럴 와인의 거친 맛

🍷 FRANCE

Loire (루아르)

🍇 RED

Gamay (가메)

NOTE

큼큼, 흙향, 풀, 버섯뉘앙스

블랙베리, 자두, 레드베리
의 과실미와 산미
미디움 바디감

마리 호세
Marie Rocher

레 파상트
Les Passantes

(품종 더 알기)
more about grape

가메(Gamay)는 프랑스 부르고뉴 남쪽 끝에 있는 보졸레의 대표 레드 품종이다. 가메는 부르고뉴의 공작이던 필립 2세 르 하르디가 '피노 누아' 품종만을 기르도록 명령하면서 퇴출될 뻔했었다. 하지만 보졸레의 화강암 토양에서는 피노 누아보다 가메가 더 잘 자랐고 예외 지역으로 인정받아 사라지지 않을 수 있었다. 배, 바나나, 라즈베리, 흑후추와 체리 풍미를 지니며, 탄닌이 적고, 알코올 도수도 낮다. 가메는 산미가 아주 좋아 신선한 레드 와인이 된다.

(참생의 내 맘대로 한 줄 평)
chamsaeng garasadae

동명의 샹송에서 가져온 이름.
'스쳐 간 이들'이라는 뜻의 레 파상트.
가을날 떨어지는 낙엽을 보며 마시고픈 와인.

ANDRÉA CALEK

안드레아 칼렉

Chatons de Garde

샤통 드 가흐드 2014

🍷 **FRANCE**
Rhone

🍇 **RED**
Syrah

NOTE

쿰쿰한 프룬 향, 블랙베리,
비트의 신선향, 블랙베리 과실미
가죽, 초콜릿, 스파이시한 끝맛
탄닌, 미디엄 - 무거운 바디감

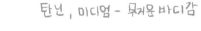

안드레아 칼렉
Andrea Calek

샤통 드 가흐드
Chatons de Garde

(와이너리 더 알기)
more about winery

안드레아 칼렉은 원래 옛 체코슬로바키아의 군인이었으나 체코 혁명 이후 제대하여 프랑스로 건너왔다. 1919년 남부 론의 와이너리 르 마젤(Le Mazel)에서 "포도는 어머니이고 테루아는 아버지이며 빈티지는 와인의 운명이다"라는 말로 유명한 제랄드 우스트릭(Gerald Oustric)의 제자가 된다. 그는 와인 전통을 지키면서도 새로운 시도를 멈추지 않는 생산자로, 겸손함을 잃지 않는 사람이기도 하다. 레이블에 그려지는 색색의 문양은 불, 물, 땅, 바람을 뜻하며 이는 각각 꽃, 잎, 열매, 뿌리를 의미한다.

(참생의 내 맘대로 한 줄 평)
chamsaeng garasadae

위스키를 마실 때처럼 차분한 분위기의 와인.
마음은 따뜻하지만 겉으론 차도녀 같은 매력이 있다.

LA SORGA

라 소르가

Yggdrasil

이그드하실 2015

나의 첫 와인 드로잉

🍷 **FRANCE**

Languedoc

(랑그독)

🍇 **RED**

Grenache
Merlot

(그르나슈, 멜롯)

Note

말린자두, 레드베리, 마굿간 꾸릿향

체리, 약간의 둥치미 산도, 짭조름

탄닌, 블랙페퍼, 나뭇가지

펑키, 진하고 살짝 무거운 바디감

레드

라 소르가
La Sorga

이그드하질
Yggdrasil

(와이너리 더 알기)
more about winery

히피 같은 장발과 덥수룩한 수염이 특징인 앙토니 토르튈(Antony Tortul). 그는 자유롭고 독특한 와인을 만드는 생산자이며, 브루탈 운동을 시작한 내추럴 와인의 전설이다. 다양한 지역에서 포도를 선별하고, 잘 알려지지 않은 고대 품종과 수령이 오래된 나무의 포도로 와인을 만든다.

(참생의 내 맘대로 한 줄 평)
chamsaeng garasadae

오늘 저녁 고기 썰고 싶다면?
그리고 찌인하고 펑키하게,
하지만 무게감도 살짝 있게 마시고 싶다면!

Natural wine and more

(와인과 예술이
만났을 때)

와인잔 드로잉

어느 날 우연히 들른 한 골목의 빈티지 상점에서 꽃 그림이 그려진 유리잔을 보았습니다. 문득 캔버스나 종이가 아닌 매일 쓸 수 있는 실용적인 물건에 내 그림을 그려보는 것도 재미있을 것 같다는 생각이 들었어요. 그림을 그리고 디지털 파일로 만들어 잔에 인쇄하는 방법도 있었어요. 하지만 하나하나 조금씩 다른, 손맛이 느껴지는 특별한 작업이 더 의미 있을 것 같았죠. 그래서 와인잔에 직접 드로잉을 해보기로 했습니다.

우선 여러 물감으로 유리잔에 테스트를 해봤습니다. 물에 닿아도 지워지지 않는 물감을 찾아 라인과 텍스트, 페인팅을 다양하게 시도해보았어요. 유리잔에 그림을 그리는 건 간단해 보였지만, 생각보다 시간이 오래 걸렸습니다. 표면이 미끈거리니 그릴 때마다 붓이 미끄러지기 일쑤였고 모양이 둥글어서 섬세한 표현도 쉽지 않았습니다. 또 와인을 따랐을 때 와인의 색이 보이는 동시에 각기 다른 모양의 와인잔들에 어우러지는 느낌을 최대한 고려하며 그리려 하다 보니 시간이 더 걸렸어요. 와인잔 안쪽에서도 물감의 레이어가 보이기

때문에 어떤 색으로 시작해서 마무리할지 미리 생각해야 하는 복잡하지만 재미있는 작업이기도 했습니다.

이렇게 만들어진 잔들은 모두 주인을 찾아 떠났습니다. 공들여 만든 와인잔들이 누군가의 따뜻한 식탁 위에서 행복한 시간을 보내고 있다고 생각하면 미소가 머금어져요. 와인을 마시는 그 자체도 즐겁지만, 잔도 특별하면 그 즐거움이 배가 되지 않을까요?

세라믹과의 만남

와인 이외에 저의 또 다른 취미는 도자기를 만드는 것이었습니다. 와인을 마실 때 필요한 잔이나 접시를 만들곤 했었죠. 그러다 만들게 된 와인 화병…! 만들고 보니 와인병 모양의 도자기가 너무 예쁘지 뭐에요? 라벨 부분에 제가 그리고 싶은 그림을 그리는 재미도 있고요. 그날 이후 제 도자기 스승님이자 와인 러버인 슬로렌스(@slorence) 세라믹 작가님과 둘이 신나게 와인에 관련된 다양한 도자기들을 만들고 그랬습니다. 올리브 접시, 코르크 접시, 케이크 스탠드, 와인 화병도 더 완성도를 높이고요. 하나둘씩 쌓인 작품들을 보다가 작은 팝업을 해보기로 합니다. 이 작품들을 어디서 판매하면 좋을지 고민하다가 제가 애정하는 연남동 바틀샵 '웬디스 보틀'이 떠올랐습니다.

프랑스 미장 벽과 마당, 풀과 꽃들… 우리 작품과 정말 찰떡같이 어울리는 공간이라고 생각했어요. 항상 손님이기만 했던 저는 조심스럽게 사장님께 팝업 제안 연락을 드렸는데 흔쾌히 수락해주셨습니다. 그리고 팝업 당일 생각보다 구경하고 구매하러 와주신 분들이 많아서 놀라기도 했어요. 즐겁기만 했던 시간이었습니다.

와인을 좋아하는 마음으로 연결되어 각 분야의 다른 분들과
함께 재미있는 프로젝트를 할 수 있어서, 무척 소중하고 행복
한 경험이었답니다.

내추럴 와인은 귀여워

와인바에서 전시를

한창 와인에 빠져 바틀샵을 내고 싶은 마음까지 있던 시기에 달콤한 제안을 받았습니다. 평소 알고 지내던 기획자님께서 성수동에 있는 와인바에서 두 달 동안 전시를 하면 어떻겠냐고 말씀해주신 거예요.

제안을 듣고 이번 전시에서는 평소에 하던 풍경 작업보다 조금 더 자유롭고 다양한 작업들을 하면 어떨까 생각했어요. 일단은 '내가 와인바를 오픈하면 어떤 공간이 될까?'라는 상상을 해봤죠.

문득 이 책의 주인공인 참생이처럼 나를 상징하는 가상의 캐릭터가 꾸려가는 와인바면 재밌겠다는 아이디어가 떠올랐습니다. 참생이는 조그맣고 귀여운 느낌이기 때문에 조금 더 중성적인 캐릭터가 어울릴 것 같았고, 영단어 Tipsy(취한)와 제 이름 Ma(Maria)를 합쳐 '팁시마'라는 새로운 캐릭터를 만들었습니다. 항상 조금 취해 있는 팁시마는 여행을 좋아하는 아티스트이면서 따뜻한 공간에서 맛있는 음식과 와인을 먹는 걸 좋아하는 활기차고 엉뚱한 캐릭터입니다. 팁시마가 여행을 하다가 발견한 코티지를 별장으로 삼고 친구들을 초

세 번째 잔 와인과 예술이 만났을 때

대해 함께 별장을 꾸미고 찾아오는 손님들에게 식사를 대접합니다. 제가 가장 좋아하는 영화 중 하나인 〈투스카니의 태양(Under the Tuscan Sun)〉에서 영감을 받은 아이디어랍니다.

그리고는 제 주변에 와인을 함께 좋아하는 아티스트 친구들인 어피스오브애플(텍스타일), 슬로렌스(세라믹), 언더베이크(베이킹), 플랜트(종이꽃)를 초대하여 함께 콜라보 전시를 제안했습니다. 저는 팁시마의 초상과 별장에 걸릴 그림들을 페인팅하고 팁시마의 캐릭터로 만든 여러 가지 굿즈와 메뉴판의 그림을 그렸지요. 또한 참여하는 작가님들도 캐릭터화했습니다. 최대한 팁시마 세계관에 관련하여 많은 콘텐츠를 만들고 싶었거든요. 애플 작가님은 터프팅으로 별장에 어울리는 따뜻한 의자 커버와 조명, 커다란 팁시마 인형과 와인 인형을 만들어주셨고 슬로렌스 작가님과는 와인 화병, 미니 드로잉 접시, 디저트 접시들을 함께 만들었습니다. 언더베이크 파티시에와는 별장 스페셜 디저트인 코티지 판나코타를 함께 개발했고 플랜트 작가님들은 별장에 어울리는 종이꽃들을 만들어주셨습니다.

팝업 준비 중 가장 고대하던, 제가 마시고 싶은 와인들을 시음하고 셀렉하는 시간도 가졌습니다. 물론 판매도 생각해야 하기에 온전히 제가 원하는 방향으로 진행할 순 없었지만 팝업을 찾아오는 사람들, 내추럴을 한 번도 안 마셔본 사람들에게도 권하고 싶은, 제가 맛있다고 생각하는 와인을 중점으로 고르며 행복한 고민도 했습니다.

오프닝 파티에 초대된 지인과 손님 들은 콜라보 음식과 와인, 디저트를 즐겨주셨습니다. 제가 기획부터 참여해서 열심히 준비한 행사였던 만큼 과정 하나하나가 의미 있고 기억에 크게 남을 경험이었습니다. 준비하면 할수록 계속 욕심이 생겨 주어진 시간 안에 할 일이 너무나 많았지만, 이 과정들이 얼마나 재미있었는지 몰라요. 역시 사람은 좋아하는 일을 하며 살아야 하나 봅니다.

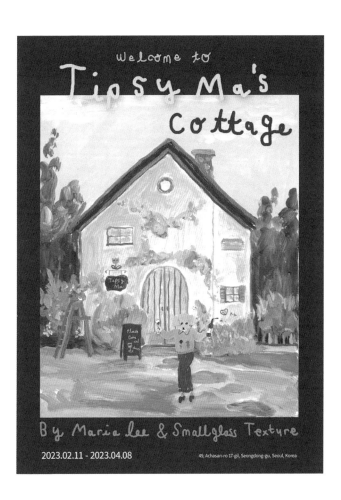

내 추억 안의 와인

너를 위한 와인

다시 그리는 사람으로

내추럴 와인바를 다니며 드로잉했던 것들을 모아봤습니다. 내추럴 와인을 사 와서 마시는 것도 좋지만, 와인바에서 그 장소의 분위기를 느끼며 마시는 것도 즐거운 일인 것 같아요. 와인바에서 음식, 다이닝 테이블을 그려보기도 하고 '내 그림이 와인 라벨에 들어가면 어떨까?' 하는 생각으로 가상 라벨링 작업도 해보았습니다.

좋아하다 보니 빠져든 내추럴 와인은 저에게 새로운 장면들을 보여주었습니다. 생산자, 바틀샵, 수입사, 와인바… 여러 세계를 알게 되었고, 그들의 열정과 좋아하는 마음에 함께 더 내추럴의 세계를 좋아할 수 있었어요. 그 모든 건 즐기는 마음으로 했기에 가능했던 일인 것 같습니다. 저는 앞으로도 즐기는 마음으로, 그리고 마시는 좋은 날들을 보내며 계속해서 그리는 사람으로 살아가 보려고 합니다.

내 친구의 집은 어디인가

이 책을 쓰며 참고한 자료들

·

엄정선·배두환,《와인이 있는 100가지 장면》, 2021, 보틀프레스
이자벨 르쥬롱 저, 서지희 역,《내추럴 와인》, 2018, 한스미디어
정구현,《내추럴 와인 ; 취향의 발견》, 2022, 몽스북
최영선,《내추럴 와인메이커스》, 2020, 한스미디어

·

정구현, '잡식동물의 기쁨, 다양성의 내추럴 와인', 〈내셔널지오그래픽 트래블러〉 2023년 4월호, 에이지커뮤니케이션스
우희현, 〈Apéritif Vol.1〉 2022년 9월호, 다경와인

·

박수진, '와인 라벨은 어떻게 디자인될까?', 2022.12.19. 네이버 디자인프레스 (https://blog.naver.com/designpress2016/222960034518)
오동환, '쥐라(Jura)의 모든 것 - 1편, 역사', 2020.08.14. WINE21 (https://www.wine21.com/11_news/news_view.html?Idx=17740)
전승훈, 'MZ세대가 내추럴 와인에 열광하는 이유는? 와인은 공부하는 것이 아니라 마시는 것', 2023.03.20. 동아일보 (https://donga.com/news/article/all/20230320/118431517/1)
정수지, '와인21 추천 BEST OF BEST, 내추럴 & 오렌지 와인', 2019.09.24. WINE21 (https://www.wine21.com/11_news/news_view.html?Idx=17385)
DEEP BOTTLE 홈페이지 (https://naturalvin.co.kr)
Emma Yang, '로제 와인에 대하여', 2020.10.12. mashija magazine (https://mashija.com/와인바-talk-로제-와인에-대하여)
GQ, '비노필의 최영선 대표가 말하는 내추럴 와인', 2018.12.15. GQ KOREA (https://gqkorea.co.kr/2018/12/15/비노필의-최영선-대표가-말하는-내추럴-와인)

'두 번째 잔: 와인 시음 노트'의 '와이너리 더 알기'는 각 수입사의 자료를 인용하였습니다. 수입사 홈페이지로 가시면 더 다양한 내추럴 와인을 만나실 수 있습니다.

뱅베 (https://vinv.kr)
비티스 (https://vitis.co.kr)
아부아 (https://instagram.com/aboirevin)
와이너 (https://instagram.com/winer_wine)
윈비노 (https://instagram.com/winvino.korea)
카보드 (https://instagram.com/kavodseoul)
크란츠 코퍼레이션 (https://instagram.com/kranzcorporation)

내추럴 와인은 귀여워 🍷

그림 작가 마리아의 좋아하다 보니
빠져든 와인 이야기

1판 1쇄 인쇄 2023년 11월 1일
1판 1쇄 발행 2023년 11월 5일

지은이 이마리아
펴낸이 김성구

책임편집 이은주
콘텐츠본부 고혁 조은아 김초록 김지용 이영민
디자인 이응
마케팅부 송영우 어찬 김지희 김하은
관리 김지원 안웅기

펴낸곳 (주)샘터사
등록 2001년 10월 15일 제1-2923호
주소 서울시 종로구 창경궁로35길 26 2층 (03076)
전화 1877-8941 | **팩스** 02-3672-1873
이메일 book@isamtoh.com | **홈페이지** www.isamtoh.com

ISBN 978-89-464-2258-2 03810

값은 뒤표지에 있습니다.
잘못 만들어진 책은 구입처에서 교환해 드립니다.

샘터 1% 나눔실천
샘터는 모든 책 인세의 1%를 '샘물통장' 기금으로 조성하여
매년 소외된 이웃에게 기부하고 있습니다.
2022년까지 약 1억 원을 기부하였으며,
앞으로도 샘터는 책을 통해 1% 나눔실천을 계속할 것입니다.